8/21

S0-ALL-972

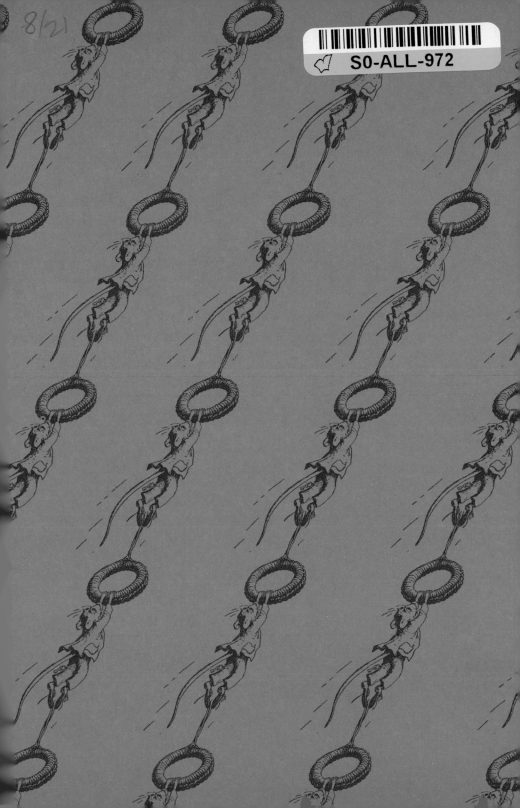

ALFAGUARA

CLÁSICOS

Papel certificado por el Forest Stewardship Council®

MIXTO
Papel procedente de
fuentes responsables
FSC® C117695

Penguin
Random House
Grupo Editorial

Título original: *Stuart Little*

Primera edición: abril de 2021

© 1945, White Literary LLC.
© 2021, Penguin Random House Grupo Editorial, S. A. U.
Travessera de Gràcia, 47-49. 08021 Barcelona
© 2010, herederos de Héctor Silva Míguez, por la traducción
© 1973, Garth Williams, por las ilustraciones
Diseño de cubierta: Penguin Random House Grupo Editorial

Penguin Random House Grupo Editorial apoya la protección del *copyright*.
El *copyright* estimula la creatividad, defiende la diversidad en el ámbito de las ideas y el conocimiento,
promueve la libre expresión y favorece una cultura viva. Gracias por comprar una edición autorizada
de este libro y por respetar las leyes del *copyright* al no reproducir, escanear ni distribuir ninguna
parte de esta obra por ningún medio sin permiso. Al hacerlo está respaldando a los autores
y permitiendo que PRHGE continúe publicando libros para todos los lectores.
Diríjase a CEDRO (Centro Español de Derechos Reprográficos, http://www.cedro.org)
si necesita fotocopiar o escanear algún fragmento de esta obra.

Printed in Spain – Impreso en España

ISBN: 978-84-204-5317-0
Depósito legal: B-6.417-2020

Maquetado en Punktokomo S.L.
Impreso en Limpergraf
Barberà del Vallès (Barcelona)

AL 5 3 1 7 B

E. B. WHITE

ILUSTRADO POR
Garth Williams

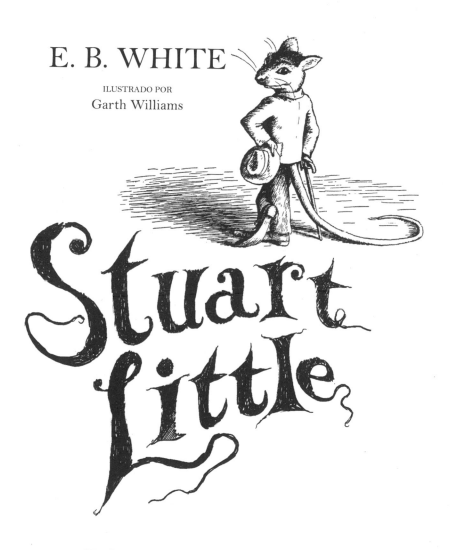

Stuart Little

Traducción de Héctor Silva Míguez

ALFAGUARA

En el sumidero

Cuando la señora de Frederick C. Little tuvo su segundo hijo, todo el mundo notó que su tamaño no excedía por mucho al de un ratón. La verdad es que el bebé se parecía a un ratón en todos los aspectos. No medía más de un par de pulgadas; tenía el aguzado hocico, la cola y los bigotes de un ratón, así como su aire agradable y recatado. A los pocos días de nacer, no solo tenía el aspecto de un ratón, sino que además actuaba como tal, provisto de un sombrero gris y portando un bastón pequeño. Los Little le pusieron de nombre Stuart, y el señor Little le construyó un diminuto lecho utilizando una cajetilla de cigarrillos y cuatro pinzas de ropa.

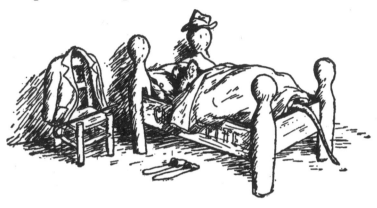

A diferencia de la mayoría de los bebés, Stuart nació sabiendo andar. Cuando tenía una semana podía encaramarse a una lámpara trepando por el cable. La señora Little comprobó enseguida que las prendas que había preparado para el niño eran inadecuadas, y poniéndose a la tarea le hizo un traje de tela recia con bolsillos sobrepuestos en los que él pudiese llevar el pañuelo, el dinero y las llaves.

Cada mañana, antes de que Stuart se vistiese, la señora Little entraba en su cuarto y lo pesaba en una pequeña balanza de las utilizadas para pesar cartas. Al nacer, Stuart podría haber sido despachado con franqueo de primera clase por tres centavos, pero sus padres prefirieron quedarse con él; y un mes después, cuando su peso había aumentado solo un tercio de onza, su madre se sintió tan preocupada que mandó llamar al médico.

El doctor quedó encantado con Stuart y dijo que tener un ratón era algo sumamente insólito en una familia norteamerica-

na. Le tomó la temperatura y encontró que era de 37°, lo cual es normal en un ratón. Le auscultó asimismo el

pecho y la espalda, y le examinó solemnemente el interior de las orejas con una linterna. (No cualquier médico es capaz de examinarle a un ratón el interior de la oreja sin reírse). Pareció encontrar todo en orden, y la señora Little se alegró de recibir tan buen dictamen.

—¡Denle bastante de comer! —dijo alegremente el doctor al salir.

El hogar de la familia Little estaba en un sitio agradable, próximo a un parque, en la ciudad de Nueva York. Por la mañana el sol entraba a raudales por las ventanas que daban al este, y los Little, por regla general, se levantaban temprano. Stuart era una gran ayuda para sus padres y su hermano mayor, George, debido a su reducida talla y a que podía hacer las cosas que hace un ratón y ser agradable al hacerlas. Un día, mientras limpiaba la bañera después de que el señor Little tomase un baño, a la señora Little se le escurrió un anillo del dedo y horrorizada descubrió que había desaparecido en el sumidero.

—¿Y ahora qué hago? —gemía, tratando de retener las lágrimas.

—Yo en tu lugar doblaría una horquilla para formar un anzuelo y, atándola a un trozo de hilo, intentaría pescar el anillo —dijo George. De modo que la señora Little buscó una horquilla y un trozo de hilo y estuvo media hora tratando de pescar el anillo, pero el interior del sumidero estaba oscuro y el anzuelo parecía engancharse siempre en algo antes de que ella consiguiese hacerlo bajar hasta donde se encontraba el anillo.

—¿Has tenido suerte? —inquirió el señor Little, entrando al cuarto de baño.

—Ninguna —dijo la señora Little—. El anillo está tan lejos ahí abajo que no puedo pescarlo.

—¿Por qué no enviamos a Stuart a por él? —sugirió el señor Little—. ¿Qué dices, Stuart, querrías intentarlo?

—Desde luego —replicó Stuart—, pero creo que será mejor que me ponga los pantalones viejos. Imagino que ahí abajo debe de estar húmedo.

—Simple humedad —dijo George, que estaba ligeramente fastidiado porque su idea del anzuelo no hubiese funcionado. Así que Stuart se puso sus pantalones viejos y se preparó para bajar en busca del anillo. Resolvió llevar el hilo consigo, dejando un extremo a cargo de su padre.

—Cuando tire tres veces del hilo, me subes —dijo. Y mientras el señor Little se arrodillaba en la bañera, él se deslizó sin dificultad por el sumidero y se perdió de vista. Cosa de un minuto después, hubo tres rápidos tirones del

hilo y el señor Little
lo recogió con cuida-
do. Al otro extremo apa-
reció Stuart, con el anillo a
salvo alrededor del cuello.

—¡Oh, mi valeroso hijito! —exclamó orgu-
llosa la señora Little, tras besarle con agrade-
cimiento.

—¿Qué tal se estaba allí abajo? —preguntó
el señor Little, siempre curioso por saber acerca
de los lugares en los que nunca había estado.

—Se estaba bien —dijo Stuart.

Pero la verdad era que el sumidero le había cubierto de cieno, y necesitó darse un baño y rociarse con un poco del agua de violetas de su madre antes de volver a sentirse a gusto. Toda la familia consideró que su comportamiento había sido estupendo.

Problemas domésticos

Stuart era también útil en lo relacionado con el ping-pong. A los Little les gustaba el ping-pong, pero la pelota tenía la manía de rodar bajo las sillas, los sofás y los radiadores, y eso motivaba que los jugadores se pasasen el tiempo agachándose y rebuscando debajo de las cosas. Stuart pronto aprendió a dar caza a la pelota, y daba gusto verle emerger de debajo de un radiador caliente empujando con todas sus fuerzas una pelota de ping-pong, con el sudor rodándole por las mejillas. La

pelota era, desde
luego, casi de
su altura, y
él tenía que
aplicar todo
su peso contra

ella para mantenerla en movimiento.

Los Little tenían en el salón un gran piano
que estaba en perfecto estado, salvo por una de
las teclas, que se atascaba. La señora Little decía
que debía de ser por el tiempo húmedo, pero lo
cierto era que la tecla venía atascándose desde
hacía cuatro años, durante los cuales había habi-
do muchos días de tiempo seco y soleado. En
todo caso, la tecla se atascaba y era una molestia
considerable para cualquiera que se pusiese a to-
car el piano. Lo era especialmente para George cuando este ejecutaba la «Danza del pañuelo», que era bastante rápida. Fue George quien
tuvo la idea de situar a Stuart dentro del piano

para que empujara la tecla hacia arriba en cuanto
fuera tocada. No era aquella tarea sencilla para
Stuart, pues tenía que permanecer acurrucado
entre los martillos de fieltro para que no le gol-
peasen en la cabeza. Pero a él le gustaba igual;
resultaba emocionante estar dentro del piano,
esquivando los martillos, y el ruido era verdaderamente tremendo. A veces, después de una se-
sión prolongada, emergía completamente sordo,
como si acabase de salir de un largo viaje, y tenía

que transcurrir un ratito
antes de que volviese
a oír bien.

El señor y
la señora Little
conversaban a menu-
do sobre Stuart cuando él
no estaba presente, pues nunca se habían recuperado por completo de la impresión y la sorpresa
de tener un ratón en la familia. Era en verdad sumamente pequeño y eran muchos los problemas
que se les presentaban a sus padres. El señor Little dijo que, entre otras cosas, no debía haber en
la conversación ninguna alusión a «ratones».
Hizo que la señora Little arrancase del libro de
canciones infantiles la página en que se hablaba
de «Los tres ratones ciegos, míralos correr».

—No quiero que a Stuart se le metan un mon-
tón de ideas raras en la cabeza —dijo el señor
Little—. Me sentiría mal si mi hijo se criase con el

temor de que la mujer de algún granjero fuera a cortarle la cola con un cuchillo de trinchar. Cosas así son las que hacen que los niños tengan pesadillas cuando se duermen por la noche.

—Sí —replicó la señora Little—, y creo que será mejor que empecemos a pensar en el poema «Fue en Nochebuena cuando en toda la casa no se oía el rumor de ninguna criatura, ni siquiera un ratón». Creo que Stuart se sentiría incómodo oyendo hablar de un ratón en términos tan poco comedidos.

—Tienes razón —dijo su esposo—, pero ¿qué vamos a decir cuando lleguemos a ese verso del poema? Algo habrá que decir. No podemos simplemente suprimir la mención al ratón, quedaría incompleto; hace falta una palabra que conserve la rima.

—¿Qué te parece «gorrión»? —preguntó la señora Little.

—O «hurón» —sugirió el señor Little.

—Yo propongo «dragón» —aventuró George, que había estado escuchando la conversación desde el otro extremo del cuarto.

Se resolvió que «gorrión» era el mejor término para sustituir a «ratón», de modo que, cuando se acercó la Navidad, la señora Little borró con cuidado la palabra «ratón» y escribió en su lugar «gorrión», por lo cual Stuart siempre creyó que el poema decía así:

Twas the night before Christmas
when all through the house
Not a creature was stirring,
*not even a louse.**

La mayor preocupación del señor Little era el agujero de la ratonera que había en la despensa.

---

* La fonética impone en la traducción al castellano la sustitución del juego de palabras de este pasaje, fundado en la consonancia de los términos *house, mouse, louse, grouse* y *souse*. *(N. del T.)*

Aquel agujero había sido abierto por los ratones en otros tiempos, antes de que los Little se instalaran en la casa, y no se había hecho nada para suprimirlo. El señor Little no estaba nada seguro de entender cuáles serían los verdaderos sentimientos de Stuart acerca de una ratonera. Ignoraba adónde conducía aquel agujero, y le inquietaba pensar que Stuart pudiera sentir algún día el deseo de aventurarse a introducirse en él.

—Después de todo, la verdad es que se parece mucho a un ratón —le dijo el señor Little a su mujer—. Y todavía no he visto a un ratón al que no le guste meterse en un agujero.

Higiene matutina

Stuart madrugaba mucho: era casi siempre el primero en levantarse. Le gustaba la sensación de ser el primero en ponerse en movimiento; disfrutaba de la quietud de las habitaciones con los libros inmóviles en sus estantes, de la tenue luz filtrándose a través de las ventanas y del fresco aroma del día. En invierno estaba completamente oscuro cuando se bajaba del lecho de caja de cigarrillos, y a veces temblaba de frío mientras permanecía en pijama haciendo sus ejercicios.

(Cada mañana Stuart se tocaba diez veces la punta de los pies para mantenerse en forma. Se lo había visto hacer a su hermano George, quien le había explicado que aquello conservaba firmes los músculos del estómago y era un buen ejercicio abdominal).

Después del ejercicio, Stuart se ponía su elegante bata de lana, se ceñía firmemente la cintura con el cordón y partía hacia el cuarto de baño, deslizándose silenciosamente por el largo vestíbulo oscuro; pasando por delante de la habitación de sus padres, del armario empotrado en el que se guardaba el limpiador de alfombras, del cuarto de George y de lo alto de la escalera, hasta llegar al baño.

El cuarto de baño también estaba oscuro, por supuesto, pero el padre de Stuart había tenido la buena ocurrencia de atar un largo cordel al extremo de la cadenilla de encender la luz. El cordel llegaba hasta el suelo. Cogiéndose de él lo más alto posible y colgándose con todo su peso, Stuart podía encender la luz. Columpiándose de aquel modo del cordel, con la larga bata de baño que le llegaba por los tobillos, tenía el aspecto de un pequeño monje tirando de la cuerda para hacer sonar la campana de la abadía.

Para alcanzar el lavabo, Stuart tenía que trepar por una diminuta escalera de cuerda que su padre había insta-lado para él. George había pro-metido fabricarle un pequeño la-vabo especial de solo una pulgada de altura, provisto de un tubito de caucho para desaguarlo; pero George siempre es-taba diciendo que iba a construir esto o aquello y luego lo olvidaba. Stuart, pues, trepaba cada mañana por la escalera de cuerda hasta el lavabo familiar para lavarse la cara y las manos y cepillarse los dientes. La señora Little le había proporcionado un cepillo de dientes, una pastilla de jabón y una esponja, todo del tamaño adecuado para una muñeca, así como un peine de muñeca, que Stuart utilizaba para peinarse los bigotes. Llevaba todo aquello en el bolsillo de su bata, lo disponía ordenadamente en fila y se entregaba a la tarea de abrir el grifo. Para un individuo tan pequeño, abrir el grifo era todo un problema. Un día, después de varios intentos infructuosos, lo había discutido con su padre.

—Puedo subirme perfectamente a la llave —explicó—, pero al parecer no puedo moverla porque no tengo nada en que apoyar los pies.

—Sí, comprendo —replicó su padre—; ese es el problema.

George, quien siempre que podía escuchaba las conversaciones, dijo que en su opinión deberían construir un soporte para Stuart; y acto seguido llevó al cuarto de baño unas tablas, una sierra, un martillo, un destornillador, un punzón y unos clavos y se puso a armar un tremendo alboroto con la construcción de lo que dijo iba a ser un soporte para Stuart. Pero pronto su interés se volvió hacia otra cosa y desapareció, dejando las herramientas desparramadas en el suelo del baño.

Stuart, tras examinar aquella confusión, se dirigió de nuevo a su padre:

—Tal vez pudiese golpear la llave con algo, y de esa manera abrir el grifo —dijo.

Así, su padre le proporcionó un martillo de madera, ligero y muy pequeño, y Stuart descubrió que haciéndolo girar tres veces por encima de la cabeza y dejándolo caer con todas sus fuerzas contra la llave del grifo podía conseguir que saliese un delgado hilo de agua, suficiente en todo caso para cepillarse los dientes y humedecer la esponja. De manera que, cada mañana, después de trepar

al lavabo, cogía el martillo y golpeaba la llave del grifo, y los demás miembros de la familia, semidormidos en sus respectivos lechos, oían el agudo y cristalino plink, plink, plink del martillo de Stuart, como un herrero distante, diciéndoles que ya era de día y que Stuart estaba tratando de cepillarse los dientes.

Ejercicios

Una hermosa mañana de mayo, cuando Stuart tenía tres años, se levantó temprano como de costumbre, se lavó y se vistió, cogió el sombrero y el bastón y bajó al cuarto de estar a ver qué pasaba. No había nadie a la vista, aparte de Snowbell, el gato blanco de la señora Little. Snowbell era otro madrugador, y aquella mañana estaba echado sobre la alfombra en medio del salón, rememorando los tiempos en que era solo un gatito.

—Buenos días —dijo Stuart.

—Hola —replicó secamente Snowbell—. Te levantas temprano, ¿eh?

Stuart miró su reloj.

—Sí —dijo—, no son más que las seis y cinco, pero ya había descansado y se me ocurrió bajar a hacer un poco de ejercicio.

—Yo creía que hacías todo el ejercicio que necesitabas allí arriba, en el cuarto de baño, dando golpes y despertándonos a todos los demás cuando abres ese grifo para poder cepillarte los dientes. En realidad, tus dientes no son tan grandes como para cepillarlos. ¿Quieres ver una buena dentadura? ¡Pues mira la mía! —Snowbell abrió la boca y exhibió dos hileras de resplandecientes dientes blancos, afilados como agujas.

—Muy hermosos —dijo Stuart—. Pero los míos también son buenos, aunque sean pequeños. En cuanto a ejercicio, yo hago todo el que

puedo. Apuesto a que los músculos de mi estómago son más firmes que los tuyos.

—Apuesto a que no —dijo el gato.

—A que sí —insistió Stuart—. Son como ban-
das de hierro.

—Apuesto a que no —contestó el gato.

Stuart lanzó una mirada en derredor, buscando cómo demostrarle a Snowbell lo bien que estaban los músculos de su estómago. Divisó la
cortina enrollable de la ventana que daba al este
y el cordón con una anilla en el extremo, como
una especie de trapecio, y eso le dio una idea.

Trepando hasta el alféizar de la ventana, se quitó el sombrero y abandonó el bastón.

—A que no puedes hacer esto —le dijo al gato.
Y, corriendo para coger impulso, saltó hacia la
anilla, al modo de un acróbata circense, con intención de izarse por el aire.

Sucedió algo sorprendente. Stuart había tomado tanto impulso que hizo funcionar la cortina: con un ruidoso chasquido, la cortina se enrolló hasta lo alto de la ventana, arrastrando a Stuart, que quedó apresado en su interior sin poder moverse.

—¡Santa sardina! —exclamó Snowbell, casi tan pasmado como Stuart Little—. Eso le enseñará a no jactarse de sus músculos.

—¡Auxilio! ¡Sacadme de aquí! —gritaba Stuart, asustado y magullado dentro de la cortina, donde apenas podía respirar. Pero su voz era tan débil que nadie la oía. Snowbell reía entre dientes. No le tenía afecto a Stuart y no le importaba que estuviese envuelto en una cortina enrollable y sin poder salir de allí. En lugar de subir corriendo a avisar del accidente al señor y la señora Little, Snowbell hizo una cosa muy curiosa. Echó una ojeada alrededor para ver si había alguien mirando, luego dio suavemente un brinco hasta el alféizar de la ventana, cogió con la boca el sombrero y el bastón de Stuart, los llevó hasta la despensa y los depositó a la entrada de la ratonera.

Más tarde, cuando la señora Little bajó y los encontró allí, lanzó un alarido que hizo venir a todos a la carrera.

—¡Ha ocurrido! —gritó.

—¿El qué? —preguntó su marido.

—Stuart ha entrado en esa madriguera.

El rescate

George era partidario de levantar el suelo de la despensa. Corrió a coger un martillo, un destornillador y un punzón de partir hielo.

—Tendré este suelo levantado en un periquete —dijo, al tiempo que insertaba el destornillador en la juntura de dos tablas del entarimado y hacía palanca con fuerza.

—No vamos a levantar el suelo hasta que hayamos buscado bien por todas partes —anunció el señor Little—. ¡Con que ya lo sabes, George!

Ya puedes volver a poner ese martillo donde lo encontraste.

—¡Oh, está bien! —exclamó George—. Ya veo que en esta casa soy el único que se preocupa por Stuart.

La señora Little se puso a llorar.

—¡Mi pobre hijito querido! ¡Seguro que se queda atascado en algún sitio!

—El hecho de que tú no puedas andar por una ratonera no significa que no vaya a ser un lugar perfectamente a la medida de Stuart —dijo el señor Little—. No te pongas histérica.

—Tal vez deberíamos bajarle algo de comer —sugirió George—. Eso es lo que hizo la Guardia Rural cuando un hombre quedó aprisionado en una cueva —George salió pitando hacia la cocina y regresó corriendo con una fuente de compota de manzana—. Podemos verter un poco de esto para que se escurra y llegue donde esté él.

George cogió un poco de compota con una cuchara y empezó a volcarla en el agujero.

—¡Detente! —rugió el señor Little—. George, ¿me haces el favor de permitirme manejar el asunto a mí? ¡Llévate inmediatamente esa compota!

El señor Little le lanzó a George una mirada furibunda.

—Solo trataba de ayudar a mi propio hermano —dijo George, meneando la cabeza mientras llevaba de vuelta la fuente a la cocina.

—Llamemos todos juntos a Stuart —sugirió la señora Little—. Es muy posible que la ratonera tenga muchos recovecos y ramificaciones y que él se haya extraviado.

—Muy bien —dijo el señor Little—. Contaré hasta tres, y luego llamaremos todos juntos; después guardaremos un silencio absoluto durante tres segundos, esperando respuesta —sacó su reloj.

El señor y la señora Little se pusieron a cuatro patas junto a George y los tres acercaron la boca lo máximo posible al agujero de la ratonera. Entonces gritaron al unísono:

—¡Stuuu... art! —Y luego permanecieron en total silencio durante tres segundos.

Stuart, aprisionado dentro de la cortina enrollada, los oyó gritar en la despensa y gritó a su vez:

—¡Estoy aquí! —pero su voz era tan débil y él estaba tan atrapado en el interior de la cortina que los demás miembros de la familia no oyeron su grito de respuesta.

—¡Otra vez! —ordenó el señor Little—. Uno, dos, tres: ¡Stuuu... art!

Fue inútil. No se oyó ninguna respuesta. La señora Little subió a su dormitorio y se echó en la cama sollozando. El señor Little se encaminó al teléfono y llamó a la Oficina de Personas Extraviadas, pero cuando el hombre pidió una descripción de Stuart y le dijeron que medía solo dos pulgadas de altura, colgó enfadado. George, entre tanto, bajó al sótano a ver si podía localizar la otra entrada de la ratonera. Movió gran cantidad de baúles, maletas, macetas, canastos, cajas y sillas rotas de un lado a otro del sótano, con objeto de llegar al sector de la pared donde consideró más probable encontrarla, pero no dio con agujero alguno. En cambio tropezó con un viejo aparato de remar abandonado por el señor Little y, súbitamente interesado en él, lo subió trabajosamente y se pasó el resto de la mañana remando.

Cuando llegó la hora de comer (todo el mundo había olvidado el desayuno), los tres se sentaron ante un guiso de cordero que había preparado la señora Little. Pero fue una comida triste, con cada uno intentando no mirar la pequeña silla vacía que Stuart ocupaba siempre, justo al lado del vaso de agua de la señora Little. Nadie pudo comer, tan grande era la aflicción reinante. George comió un poco de postre, pero nada más. Cuando la comida hubo terminado, la señora Little rompió nuevamente a llorar y dijo que creía que Stuart debía de estar muerto.

—¡Tonterías, tonterías! —rezongó el señor Little.

—Si está muerto —declaró George— deberíamos bajar todas las cortinas de la casa. —Y salió corriendo a bajarlas.

—¡George —exclamó el señor Little en tono exasperado—, si no cesas de actuar como un estúpido me veré obligado a castigarte! Ya tenemos hoy suficiente problema para que encima haya que ocuparse de tus tonterías.

Pero George ya había irrumpido en el salón y empezado a oscurecerlo como muestra de respeto hacia el muerto. Tiró de un cordón y ¡zas!: Stuart cayó sobre el alféizar de la ventana.

—¡Vaya! ¡Que me aspen...! —exclamó George—. ¡Mamá! ¡Mira quién está aquí!

—Ya iba siendo hora de que alguien desenrollase esa cortina —observó Stuart—. Es lo único que puedo decir.

Estaba completamente exhausto y hambriento.

La alegría de la señora Little al verlo fue tan grande que continuó llorando. Por supuesto, todos quisieron saber qué había sucedido.

—Fue simplemente un accidente que podría haberle ocurrido a cualquiera —dijo Stuart—. En cuanto al hallazgo de mi sombrero y mi bastón junto a la entrada de la ratonera, podéis sacar vuestras propias conclusiones.

Una suave brisa

Una mañana en que soplaba viento del este, Stuart se puso el traje y la gorra de marinero, bajó del estante su catalejo y partió a dar un paseo, lleno de alegría de vivir y de temor a los perros. Con andar marinero se dirigió sin prisa a la Quinta Avenida, manteniendo la mirada alerta.

Cada vez que descubría un perro con su catalejo, Stuart se encaminaba velozmente hacia el
portero más próximo, trepaba por sus pantalones
y se ocultaba en el faldón de su uniforme. Y en
una ocasión, no encontrando un portero a mano,
tuvo que escurrirse dentro de un periódico abandonado y permanecer escondido en la segunda
sección hasta que pasó el peligro.

En la esquina de la Quinta Avenida había varias personas aguardando el autobús que iba a la parte alta de la ciudad, y Stuart se unió a ellas. Nadie lo notó, porque no era lo bastante alto como para ser notado.

«No soy lo bastante alto como para ser notado», pensó Stuart, «pero sí lo bastante como para querer ir a la calle Setenta y Dos».

Cuando apareció el autobús, todos los hombres hicieron señas al conductor con los bastones y los maletines, y Stuart lo hizo con su catalejo. Luego, sabiendo que el estribo del autobús le quedaría demasiado alto, se cogió del bajo del pantalón de un señor y fue izado a bordo sin problema ni inconveniente alguno.

Stuart nunca pagaba en los autobuses porque no era lo bastante grande como para llevar consigo una moneda corriente de diez centavos. La única vez que intentó llevar una fue corriendo al lado de ella y haciéndola rodar como si fuese un aro, pero la moneda se le adelantó en una pendiente y una vieja desdentada se apoderó de ella. Después de esa experiencia, Stuart se contentó con las diminutas monedas de latón que le fabricaba su padre. Eran muy bonitas, aunque un poco difíciles de ver sin gafas.

Cuando apareció el revisor para cobrar el pasaje, Stuart buscó en su monedero y sacó una moneda no mayor que el ojo de un saltamontes.

—¿Pero qué me estás dando? —preguntó el revisor.

—Una de mis monedas de diez centavos —dijo Stuart.

—¿De veras? —dijo el revisor—. Menudo rato me llevaría explicárselo a la compañía de autobuses. Pero si tú mismo no eres más alto que una de esas...

—Claro que lo soy —replicó enfadado Stuart—. Soy dos veces más alto, por lo menos. La moneda solo me llega hasta aquí —dijo señalando su cadera—. Además —añadió—, no he subido a este autobús para que me insulten.

—Disculpa —dijo el revisor—. Tendrás que perdonarme, pero no tenía idea de que hubiese en el mundo un marinero tan pequeño.

—Vivir para ver —refunfuñó Stuart áspera-mente, devolviendo su monedero al bolsillo.

Cuando el autobús llegó a la calle Setenta y Dos, Stuart descendió de un salto y salió corriendo hacia el estanque de los barcos de juguete de Central Park. El viento soplaba del oeste y los balandros y las goletas navegaban en contra, con las bordas casi a ras de la superficie y las cubiertas brillantes. Sus propietarios, chicos y adultos, corrían junto al borde de cemento del estanque procurando llegar al otro lado a tiempo para evitar que sus embarcaciones chocasen de proa.

Algunos de aquellos barcos de juguete no eran tan pequeños como cabría suponer, pues de cerca se veía que el palo mayor era más alto que la cabeza de un hombre, y estaban fabricados minuciosamente, con todo en perfecto orden y listo para hacerse a la mar. A Stuart le parecían enormes, y tenía la esperanza de poder saltar a bordo de alguno y recorrer en él los remotos rincones del estanque. (Era un pequeñajo intrépido y le encantaba sentir la brisa en el rostro y el chillido de las gaviotas sobre su cabeza y la agitación del oleaje bajo sus pies).

Sentado con las piernas cruzadas sobre el mure-
te que circunda el estanque, observando los barcos
con su catalejo, distinguió uno que le pareció más
bonito y arrogante que cualquier otro. Se llamaba
Wasp. Era una gran goleta negra, con el pabellón
norteamericano. Tenía la proa afilada de un clíper
y un cañón de tres pulgadas montado en la cubierta delantera. «Ese es mi barco», pensó Stuart. Y la
siguiente vez que la goleta tocó el borde, corrió
hasta donde le estaban dando la vuelta.

—Disculpe, señor —le dijo al hombre que hacía la maniobra—, ¿es usted el dueño de la goleta Wasp?

—Así es —replicó el hombre, sorprendido de ser interpelado por un ratón vestido de marinero.

—Estoy buscando un puesto en un barco —continuó Stuart—, y pensé que tal vez usted quisiera alistarme. Soy fuerte y despierto.

—¿Y sobrio? —preguntó el propietario de la Wasp.

—Cumplo con mi trabajo —se limitó a responder Stuart.

El hombre le miró fijamente. No pudo menos que admirar el aspecto acicalado y el osado talante de aquel diminuto personaje marinero.

—Bueno —dijo por fin, enfilando la proa de la Wasp hacia el centro del estanque—, te diré lo que voy a hacer contigo. ¿Ves aquella balandra que corre por allí?

—Sí, la veo —dijo Stuart.

—Es la Lillian B. Womrath —dijo el hombre—, y la odio con toda mi alma.

—Entonces yo también —exclamó Stuart, todo lealtad.

—La odio porque siempre está chocando con mi barco —continuó el hombre— y porque su

dueño es un muchacho perezoso que no sabe
nada de navegación y que apenas distingue entre cierzo y corzo.

—O entre foque y foco —dijo Stuart, alzando
la voz.

—¡O entre una orza y una osa! —dijo el hombre, todavía más alto.

—¡O entre la cubierta y un cubierto! —voceó
Stuart.

—¡O entre una broma y una bruma! —vocife-
ró el hombre—. Bueno, basta ya. Te diré lo que
haremos. La Lillian B. Womrath siempre ha supe-
rado a la Wasp navegando, pero yo creo que, si mi
goleta fuese timoneada adecuadamente, las cosas
serían distintas. Nadie sabe lo mal que lo paso
aquí, en la orilla, sin poder hacer nada, observando cómo la Wasp va perdiendo el rumbo, cuando
lo único que necesita es una mano firme en el timón. Así que, amiguito, te dejaré pilotar la Wasp
ida y vuelta por el estanque, y si eres capaz de

derrotar a esa detestable balandra, te daré un empleo estable.

—¡Sí, mi capitán! —exclamó Stuart a bordo de la goleta y ocupando su puesto al timón—. ¡Todo avante!

—Un momento —dijo el hombre—. ¿Te importaría decirme cómo piensas vencer al otro barco?

—Pues soltando todas las velas —dijo Stuart.

—En mi barco no, gracias —replicó el hombre rápidamente—. No quiero que zozobres en una turbonada.

—Pues entonces —dijo Stuart— cogeré a la balandra de costado y la barreré con mi cañón delantero.

—¡Nada de eso! —dijo el hombre—. Quiero que esta sea una carrera de barcos, no una batalla naval.

—Pues entonces —dijo alegremente Stuart— haré que la Wasp no se aparte una pulgada de su curso y dejaré que la Lillian B. Womrath vaya dando guiñadas* por todo el estanque.

—¡Bravo! —exclamó el hombre—, ¡que la suerte te acompañe! —y diciendo eso, soltó la proa de la Wasp. Una ráfaga infló las velas delanteras de la goleta, que partió con el viento a favor, graciosamente escorada por la brisa mientras Stuart hacía girar la rueda del timón y se afirmaba contra una cornamusa** de cubierta.

—A propósito —voceó el hombre—, no me has dicho tu nombre.

—Soy Stuart Little —gritó Stuart con toda la fuerza de sus pulmones—. El segundo hijo de Frederick C. Little, de esta ciudad.

---

* Se llama *guiñada* a un desvío brusco de la proa a un lado u otro de la dirección de la marcha. (N. del T.)

** Pieza de madera o metal utilizada para sujetar los cabos en el barco.

—*Bon voyage,* Stuart —gritó su amigo—. Cuídate y trae a la Wasp de vuelta sana y salva.

—Eso haré —gritó a su vez Stuart.

Y a impulsos del orgullo y la alegría soltó por un segundo la rueda para ejecutar una pirueta sobre la inclinada cubierta, sin darse cuenta de que se salvaba por los pelos de chocar contra un carguero que se hallaba a la deriva, con los motores inutilizados y la cubierta a flor de agua.

La carrera

Cuando la gente que andaba por el Central Park se enteró de que uno de los barcos de juguete estaba siendo pilotado por un ratón vestido de marinero, se congregó rápidamente alrededor del estanque. Muy pronto la aglomeración en la orilla fue tal que de la comisaría enviaron a un policía para anunciar que todos tenían que dejar de empujar, pero nadie hizo caso. A los neoyorquinos les gustan las aglomeraciones. La persona más emocionada era el chico propietario de la Lillian B. Womrath. Era un

gordito hosco, de doce años, de apellido Le Roy.
Llevaba un traje de sarga azul y una corbata blanca manchada de zumo de naranja.

—¡Regresa! —le gritó a Stuart—. ¡Ven aquí y
sube a mi barco! Quiero que pilotes mi barco. Te
pagaré cinco dólares semanales y puedes tomar-
te los jueves libres, y te pondré una radio en tu ca-
marote.

—Te agradezco tu amable oferta —replicó
Stuart—, pero estoy feliz a bordo de la Wasp, más
de lo que lo haya estado en toda mi vida.

Y acto seguido hizo girar con elegancia la rueda
del timón para enfilar la goleta hacia la línea de
salida, donde Le Roy, usando una larga pértiga,

estaba colocando su barco en posición para la carrera.

—Yo seré el árbitro —dijo un hombre de traje verde claro—. ¿Está ya lista la Wasp?

—¡Lista, señor! —gritó Stuart, tocándose la gorra.

—¿Está preparada la Lillian B. Womrath?

—Estoy preparado, claro —dijo Le Roy.

—¡Hasta el extremo norte del estanque, ida y vuelta! —gritó el árbitro—. En vuestros sitios. Preparados, listos, ¡ya!

—¡Ya! —gritaron los espectadores que rodeaban el estanque.

—¡Ya! —gritó el dueño de la Wasp.

—¡Ya! —gritó el policía.

Y allá salieron los dos barcos buscando el extremo norte del estanque, mientras las gaviotas revoloteaban chillando encima de ellos y se oía el sonido de las bocinas de los taxis en la calle Setenta y Dos, y el viento del oeste (que había atravesado media Norteamérica para llegar al Central Park) cantaba y silbaba en las jarcias* y rociaba las cubiertas de una fina lluvia, pinchan-

do las mejillas de Stuart con diminutos fragmentos de cáscaras de cacahuete lanzados al aire desde las espumosas aguas.

---

* Conjunto de los aparejos y cabos de un buque. (N. del T.)

—¡Esto sí que es vida! —murmuraba Stuart—.
¡Vaya barco! ¡Vaya día! ¡Vaya carrera!

Pero antes de que los barcos hubiesen recorrido mucha distancia, ocurrió un accidente en la costa. Las personas se fueron empujando cada vez con más fuerza en su afán por ver la carrera y, aunque de modo completamente involuntario, empujaron al policía con tal fuerza que le hicieron pasar por encima del muro de cemento y caer al estanque. Cayó sentado y el agua le llegó hasta el tercer botón de la chaqueta. Quedó empapado.

Resulta que este policía en particular no solo era un hombre grande y pesado, sino que acababa de engullir una copiosa comida, y la ola que provocó con su caída se expandió por el estanque, sacudiendo con violencia a todas las embarcaciones y haciendo zozobrar a los barcos pequeños, con los consiguientes gritos de regocijo o consternación por parte de los propietarios afectados que observaban desde la orilla.

Cuando Stuart vio aproximarse aquella gran ola, saltó hacia los aparejos, pero llegó demasiado tarde. Precipitándose sobre la Wasp como una montaña de agua, la ola barrió la cubierta y arrastró a Stuart dando vueltas hasta el otro extremo, lanzándolo al estanque, donde todo el mundo pensó que se había ahogado. Stuart no tenía intención alguna de ahogarse. Pateando con violencia y batiendo enérgicamente el rabo, en un par

de minutos estuvo de nuevo a bordo de la goleta, mojado y frío, pero totalmente ileso.

Cuando se puso al timón, oyó a la gente que le vitoreaba y le gritaba: «¡Hala, chico-ratón! ¡Bravo, Stuart!». Echó un vistazo y vio que la ola había tumbado a la Lillian B. Womrath, pero que la embarcación se había enderezado y mantenía su rumbo no muy lejos de la Wasp. Ambos barcos navegaron a la misma altura hasta alcanzar el extremo norte del estanque. Allí Stuart hizo virar la goleta y Le Roy utilizó la pértiga para invertir el rumbo de su balandra, y las dos se lanzaron hacia la meta.

«Falta mucho para que esta carrera haya acabado», pensó Stuart.

La primera señal de que le esperaban problemas la tuvo cuando echó una ojeada al interior de la cabina y vio que el barómetro había bajado de golpe. En el mar, eso solo podía significar una cosa: mal tiempo. De pronto una nube tapó el sol y dejó la tierra en sombras. Stuart, con las ropas mojadas, se estremeció. Se subió el cuello de la blusa de marinero para protegerse del frío y, cuando consiguió encontrar con la mirada al dueño de la Wasp entre la multitud de la orilla, agitó la gorra en alto y gritó:

—¡Mal tiempo avante, señor! Viento largo al sureste, marejada, presión bajando.

—¡Olvídate del tiempo! —gritó el propietario—. ¡Atención a los pecios* en tu rumbo!

Stuart escudriñó la tormenta que se forma-
ba, pero no vio más que olas grises con blancas crestas. El universo ofrecía un aspecto frío
y amenazante. Stuart miró hacia atrás. Allí venía la balandra, hendiendo una ola de proa y
avanzando velozmente, ganando terreno poco a
poco.

—¡Cuidado, Stuart! ¡Mira hacia dónde vas!
—dijo el propietario.

Stuart forzó la vista y, súbitamente, allí delante, en el rumbo de la Wasp, vio aparecer en la superficie del estanque una enorme bolsa de papel.
Estaba vacía y flotaba con la boca abierta hacia él,
semejante a la entrada de una caverna. Stuart hizo
girar velozmente el timón, pero era demasiado
tarde: el bauprés** de la Wasp se introdujo en la

---

* Restos de una nave naufragada o de lo que iba en ella. (N. del T.)
** Palo grueso, casi horizontal, que sobresale de la proa. (N. del T.)

bolsa y, con un sonido sobrecogedor como de aspiradora, la goleta se detuvo y quedó al pairo* con las velas temblorosas. En ese preciso momento, Stuart oyó un estrépito, vio que la proa de la Lillian se incrustaba en sus jarcias y sintió que el barco entero se estremecía, de la roda a la bovedilla**, con la violencia de la colisión.

—¡Han chocado! —exclamó la multitud en la orilla.

En un santiamén las dos embarcaciones habían quedado terriblemente enredadas. Los chiquillos, en la orilla, chillaban y saltaban. Entre tanto, la bolsa de papel empezó a hacer agua.

La Wasp no podía moverse debido a la bolsa. La Lillian B. Womrath tampoco porque tenía la proa atrapada en las jarcias de la Wasp.

Stuart corrió hacia delante agitando los brazos y disparó el cañón de proa. A continuación oyó,

---

* Quieta, pero con las velas tendidas. (N. del T.)
** Elementos de la proa y la popa, respectivamente. (N. del T.)

destacando entre las demás voces de la orilla, la del dueño de la Wasp, que le voceaba instrucciones:

—¡Stuart! ¡Stuart! ¡Abajo el foque! ¡Arriar estay!

Stuart se precipitó hacia las drizas* y arrió el foque y el estay de proa.

—¡Fuera la bolsa de papel! —rugió el propietario.

Stuart extrajo con rapidez su cortaplumas y acometió enérgicamente contra la bolsa mojada hasta que tuvo despejada la cubierta.

_____

* Cuerdas o cabos para levantar o arriar velas, banderas, etc. (N. del T.)

—¡Ahora iza el trinquete* y ponla a todo trapo! —gritó el dueño de la Wasp.

Stuart se aferró a la botavara** y empujó con
todas sus fuerzas. Lentamente, la goleta fue res-
pondiendo y empezó a moverse hacia delante.
Al escorar con la brisa desprendió de la batayo-
la*** la proa de la Lillian, y la goleta quedó libre y
enfilada al sur. En la orilla, la multitud prorrum-
pió en sonoros aplausos, pitidos y aclamaciones.

Stuart regresó de un salto al timón y devolvió
los saludos. Después miró hacia atrás y vio con in-
mensa alegría que la Lillian había perdido el rumbo y navegaba a la deriva por el estanque.

La Wasp navegaba rectamente y en el curso
correcto, con Stuart al timón. Después de traspa-
sar la línea de meta, Stuart atracó la goleta al

---

* Vela del palo inmediato a la proa. (N. del T.)

** Palo horizontal apoyado en el mástil, al que va sujeta la vela. (N.
del T.)

*** Barandilla de madera a lo largo del borde del barco, con diversos usos. (N. del T.)

borde y fue a tierra, donde recibió grandes alaban-
zas por su pericia náutica y su valor.

El dueño estaba encantado y declaró que aquel
era el día más feliz de su vida. Se presentó formal-
mente a Stuart y le informó que en la vida privada era el doctor Paul Carey, cirujano dentista.
Le dijo que los barcos a escala eran su hobby y
que en cualquier momento se sentiría dichoso de
poner su nave a las órdenes de Stuart. Todo el
mundo estrechó la mano de Stuart, es decir, todo

el mundo menos el policía, que estaba demasiado mojado y enfadado para darle la mano a un ratón.

Cuando Stuart llegó a casa esa noche, su hermano George le preguntó dónde había estado todo el día.

—Oh, dando vueltas por el centro —contestó Stuart.

Margalo

Como era tan pequeño, no resultaba fácil encontrar a Stuart buscándolo por la casa. Sus padres y
su hermano George rara vez lo hacían y, general-
mente, tenían que llamarle, por lo que era fre-
cuente que la casa se llenase con el eco de sus gritos: «¡Stuart! ¡Stuuu-art!». Podías entrar en una
habitación y estar él hecho un ovillo sobre un
asiento, que no le veías. El señor Little temía
constantemente que se perdiese y no volviesen
a encontrarlo. Hasta le confeccionó una diminuta

gorra roja, como las que llevan los cazadores, para que resultara más visible.

Cuando tenía siete años, estaba un día Stuart en la cocina mirando cómo su madre preparaba un pudin de tapioca. Tenía hambre, y cuando la señora Little abrió la nevera para sacar algo, él se deslizó al interior en busca de un trozo de queso. Supuso, desde luego, que su madre le había visto, y grande fue su sorpresa cuando la puerta se cerró y quedó encerrado dentro.

—¡Socorro! —gritó—. ¡Me he quedado a oscuras! ¡En este refrigerador hace frío! ¡Auxilio! ¡Cada vez me enfrío más!

Pero su voz no era lo bastante fuerte como para atravesar la gruesa pared de la nevera. Tropezó en la oscuridad y cayó sobre un plato de ciruelas. El líquido estaba frío. Stuart temblaba y tiritaba. Transcurrió una hora antes de que la señora Little abriese nuevamente la puerta del refrigerador, para encontrarse con Stuart de pie

sobre un recipiente de mantequilla, golpeándose los brazos para intentar conservar el calor, soplándose las manos ahuecadas y dando saltitos.

—¡Dios mío! —exclamó—. ¡Stuart, mi pobre pequeño...!

—¿Puedo beber un traguito de brandy? —preguntó Stuart—. Estoy helado hasta los huesos.

Pero su madre prefirió prepararle un caldo caliente y lo metió en la caja de cigarrillos que le servía de lecho, con una bolsa de agua caliente de

juguete en los pies. Con todo, Stuart cogió un tremendo constipado que se convirtió en bronquitis
y estuvo casi dos semanas en cama.

Durante su enfermedad, los demás miembros
de la familia se mostraron extremadamente cari-
ñosos con Stuart. La señora Little jugaba con él al
tres en raya. George le fabricó una pipa para hacer pompas de jabón y el señor Little unos patines para el hielo hechos con un par de clips de
papelería.

Una tarde muy fría la señora Little estaba sacudiendo en la ventana el trapo de quitar el polvo

cuando vio en el alféizar un pequeño pájaro aparentemente muerto. Lo metió en la casa y lo puso al lado de un radiador, y al poco rato el pájaro sacudió las alas y abrió los ojillos. Era una bonita pequeña hembra, de plumaje pardo, con una franja amarilla en el pecho. Los Little no se pusieron de acuerdo sobre qué clase de pájaro era.

—Es una oropéndola —dijo George con aire de autoridad científica.

—A mí me parece más bien una cría de reyezuelo —dijo el señor Little.

En cualquier caso, le prepararon un sitio en el salón y le pusieron comida y un vaso de agua. Pronto el pájaro se sintió mucho mejor y se puso a andar a brincos por la casa, inspeccionándolo todo con el mayor cuidado e interés. No tardó en brincar escaleras arriba y entrar en el cuarto de Stuart, donde este yacía en cama.

—Hola —dijo Stuart—. ¿Y tú quién eres? ¿De dónde sales?

—Me llamo Margalo —dijo el pájaro en voz baja y musical—. Vengo de campos de trigo alto, pastizales ricos en helechos y cardos, valles cubiertos de flores blancas, y me encanta silbar.

Stuart se enderezó súbitamente en el lecho.

—¡Repite eso! —dijo.

—No puedo —replicó Margalo—. Me duele la garganta.

—A mí también —dijo Stuart—. Tengo bronquitis. Será mejor que no te acerques mucho, para no contagiarte. Si quieres, puedes usar mi líquido de hacer gárgaras —añadió—. Y aquí hay gotas para la nariz, y tengo bastantes pañuelos de papel.

—Muchísimas gracias, eres muy amable —replicó la pequeña hembra.

—¿Te han tomado la temperatura? —preguntó Stuart, que empezaba a estar realmente preocupado por la salud de su nueva amiga.

—No —dijo Margalo—, pero no creo que haga falta.

—Bueno, es mejor que nos aseguremos —dijo Stuart—, porque me disgustaría mucho que te ocurriese algo. Aquí tienes...

Y le entregó el termómetro. Margalo se lo puso debajo de la lengua y seguidamente los dos permanecieron sentados muy quietos durante tres minutos. Entonces ella se lo quitó y lo miró, haciéndolo girar lentamente con mucho cuidado.

—Normal —anunció. Stuart sintió que el corazón le daba un salto de alegría. Le pareció que
jamás había visto una criatura tan hermosa como
aquel pajarillo, que ya le inspiraba cariño.

—Espero que mis padres te hayan procurado
un sitio adecuado donde dormir —comentó.

—Oh, sí —respondió Margalo—. Voy a dormir en el helecho bostoniano que está en el estante para libros del salón. Es un lugar espléndido, para ser en la ciudad. Y ahora, si me perdonas, creo que me iré a la cama, veo que afuera está oscureciendo y yo siempre me acuesto al anochecer. ¡Buenas noches, señor!

—Por favor, no me llames «señor» —protestó él—. Llámame Stuart.

—De acuerdo —dijo el pájaro—. ¡Buenas noches, Stuart!

Y salió con paso leve y saltarín.

—Buenas noches, Margalo —dijo en voz alta Stuart—. Hasta mañana.

Y se metió de nuevo entre las sábanas.

—Es un ave maravillosa —murmuró, exhalando un tierno suspiro.

Más tarde, cuando la señora Little fue a remeter las mantas para la noche y a escucharle decir sus oraciones, Stuart le preguntó si creía que el pájaro estaría completamente seguro durmiendo allí abajo, en el salón.

—Completamente, querido —replicó su madre.

—¿Y qué me dices de ese gato, de Snowbell? —preguntó con tono severo.

—Snowbell no tocará al pájaro —dijo su madre—. Duérmete y olvida el asunto.

La señora Little abrió la ventana y apagó la luz.

Stuart cerró los ojos y permaneció a oscuras en la cama, pero no conseguía dormirse. Se agitaba y no paraba de dar vueltas, arrugando sábanas y mantas. Seguía pensando en el pájaro que dormía abajo, en el helecho. Seguía pensando en el gato Snowbell y en el modo en que le brillaban los ojos. Finalmente, no pudiendo soportar aquello por más tiempo, encendió la luz.

—Es que algo en mi interior me impide fiarme de un gato —murmuró—. No puedo dormir sabiendo que Margalo está en peligro.

Apartando las mantas, saltó de la cama. Se puso la bata y las zapatillas. Después cogió el arco y las flechas, así como una linterna, y salió de puntillas al vestíbulo. Todos se habían ido a dormir y la casa estaba oscura. Stuart se encaminó hacia la escalera y descendió lenta y cuidadosamente al salón, sin hacer ruido. Le dolía la garganta y se sentía un poquitín mareado.

«Enfermo o no», se dijo, «esto tengo que hacerlo».

Con cuidado de no hacer ningún ruido, se deslizó a hurtadillas hasta la lámpara que estaba junto al estante, trepó por el cable y saltó. Un débil rayo de luz procedente del farol callejero le permitió ver vagamente a Margalo, dormida en el helecho, con la cabeza oculta debajo del ala.

—Que el sueño se aposente en tus ojos y la paz en tu pecho —susurró, repitiendo un parlamento que había escuchado en el cine. Después se ocultó detrás de un candelero y se puso a esperar, con

los ojos y los oídos atentos. Durante media hora
no vio ni escuchó nada, excepto el leve temblor
de las alas de Margalo cuando ella se agitaba en
sueños. El reloj dio sonoramente las diez, y antes
de que se apagase el sonido de la última campa-
nada, Stuart vio dos ojos fulgurantes que miraban
desde el otro lado del sofá. .

«Ajá», pensó Stuart, «veo que efectivamente
va a haber jaleo». Echó mano al arco y tomó una
flecha.

Los ojos se acercaron. Stuart estaba asustado, pero era un ratón valiente, incluso cuando
le dolía la garganta. Colocó la flecha en el arco y
aguardó. Snowbell se deslizó con paso inaudi-
ble en dirección al estante y trepó sin hacer ruido a la silla desde donde fácilmente tenía a su
alcance el helecho bostoniano en el que dormía
Margalo. Seguidamente se agazapó, dispuesto
para la acometida. Meneaba el rabo hacia un
lado y otro. Los ojos despedían destellos. Stuart

decidió que había llegado el momento. Salió de
detrás del candelero, se arrodilló, tensó el arco
y apuntó cuidadosamente a la oreja izquierda
de Snowbell, que era la que le quedaba más
cerca.

«Esto es lo mejor que he hecho en mi vida», pensó. Y lanzó la flecha directamente hacia la oreja del gato.

Snowbell chilló de dolor, saltó al suelo y se alejó corriendo hacia la cocina.

—¡Un blanco perfecto! —exclamó Stuart—. ¡Gracias al cielo! Un buen trabajo nocturno.

Y tras decir esto, tiró un beso en dirección a la dormida figura de Margalo.

Fue un ratoncillo fatigado el que pocos minutos después se metió a duras penas en la cama, rendido, pero finalmente listo para el sueño.

Por los pelos

Margalo se sintió tan a gusto en casa de los Little que resolvió pasar una temporada allí en lugar de regresar a la campiña. Ella y Stuart se hicieron amigos enseguida y él la encontraba cada día más hermosa. Esperaba que no se fuese nunca.

Recuperado ya de la bronquitis, Stuart sacó un día los patines y, poniéndose los pantalones de esquiar, salió en busca de un estanque helado. No llegó muy lejos. Apenas había dado un paso por la calle cuando vio a un terrier irlandés, lo que le

forzó a encaramarse a una verja de hierro y subirse a un cubo de basura, donde se escondió entre
un manojo de tallos de apio.

Estando él allí, aguardando que el perro se ale-
jase, se acercó al bordillo el camión de basura del
Ayuntamiento y dos hombres cogieron el cubo.
Stuart se sintió lanzado por los aires. Atisbó por
encima del borde y vio que estaba a punto de
ser depositado con todo el contenido del cubo
dentro del enorme camión.

«Si salto ahora, me mato», pensó Stuart. De
modo que decidió encogerse en el interior del

cubo y esperar. Los hombres arrojaron el cubo, que cayó con estruendo en la caja del camión, donde otro hombre le dio la vuelta y lo sacudió para vaciarlo. Stuart aterrizó de cabeza, sepultado en dos pies de basura húmeda y resbaladiza. Todo a su alrededor era basura y apestaba. Por debajo, por encima y por los cuatro costados, únicamente basura: un inmenso mundo de basura, desechos y olor. Un mal sitio donde encontrarse metido.

Tenía huevo en los pantalones, mantequilla en la gorra, salsa en la camisa, pulpa de naranja en la oreja y una cáscara de plátano alrededor de la cintura.

Sujetando todavía los patines, intentó encontrar una vía de acceso a la superficie de la acumulación de basura, pero el terreno que pisaba era desigual. Trepó por un montículo de posos de café, pero cerca de la cima el sedimento cedió y él se deslizó hacia abajo hasta dar en un charco de restos de arroz con leche.

—Apuesto a que me vienen náuseas antes de salir de aquí —dijo.

Stuart estaba ansioso por abrirse paso hasta lo alto de la basura porque temía acabar aplastado por el contenido del siguiente cubo. Cuando por fin lo consiguió, exhausto y apestado, notó que el camión había cesado de recoger, pues su ruidosa marcha era ahora rápida. Levantó la vista hacia el sol.

«Vamos hacia al este», pensó, «me pregunto qué significa».

No tenía ninguna posibilidad de salir del camión, ya que los bordes eran excesivamente altos para él. Solo le quedaba esperar.

Al llegar al East River, río que bordea por el este la ciudad de Nueva York y es bastante sucio, aunque útil, el conductor llevó el camión marcha atrás hasta el final del muelle, donde vació la basura sobre una gabarra. Stuart cayó, escurriéndose y dando tumbos con todo lo demás, y se golpeó en la cabeza con tal fuerza que se desmayó y quedo tendido completamente inmóvil, como muerto. Así permaneció durante casi una hora, y al recobrar el conocimiento y mirar en torno suyo, no vio más que agua. La gabarra estaba siendo remolcada en dirección al mar abierto.

«Bueno», pensó Stuart, «no creo que a nadie pueda ocurrirle algo peor que esto. Me parece

que este será mi último
viaje en este mundo».
Pues sabía que la basu-
ra era remolcada hasta
veinte millas de distan-
cia y arrojada al océano
Atlántico. «Supongo que no puedo hacer nada
al respecto», pensó sin esperanza, «aparte de
conservar el valor y morir como un hombre.
Pero ojalá no tuviese que morir con los pantalones manchados de huevo y mantequilla en la gorra y salsa en la camisa y pulpa de naranja en la
oreja y una piel de plátano alrededor de la cintura».

La idea de la muerte le entristeció, y se puso a pensar en su hogar y en sus padres y en su hermano, en Margalo y Snowbell y en cuánto los quería a todos (a todos menos a Snowbell), y en lo agradable que era su hogar, especialmente en las primeras horas del día, cuando el sol se filtraba a través de las cortinas y la casa empezaba a despertar. Se le llenaron los ojos de lágrimas al comprender que nunca más vería todo aquello. Sollozaba aún cuando oyó una voz tenue que susurraba a sus espaldas:

—¡Stuart!

Giró la cabeza y a través de las lágrimas vio a Margalo posada sobre una col de Bruselas.

—¡Margalo! —exclamó—. ¿Cómo has llegado hasta aquí?

—Pues estaba mirando por la ventana esta mañana cuando saliste de casa y, por casualidad, vi cómo te arrojaban al camión de basura. Así que salí volando tras el camión pensando que quizá pudieras necesitar ayuda.

—Jamás en la vida me había alegrado tanto de ver a alguien —dijo Stuart—. Pero ¿cómo vas a ayudarme?

—Creo que, si te cuelgas de mis patas, podré volar hasta la costa contigo —dijo Margalo—. En todo caso, vale la pena intentarlo. ¿Cuánto pesas?

—Tres onzas y media* —dijo Stuart.

—¿Con la ropa puesta? —preguntó Margalo.

—Por supuesto —replicó Stuart, algo cortado.

—Entonces creo que puedo cargar contigo sin problemas.

—¿Y si me mareo? —preguntó Stuart.

—No mires para abajo —respondió Margalo—. Así no te marearás.

—¿Y si vomito?

—Pues vomitas y en paz —replicó el pájaro—. Cualquier cosa es preferible a la muerte.

---

* Entre 70 y 75 gramos. (N. del T.)

—Tienes razón —asintió Stuart.

—Entonces ¡sujétate! Más vale que partamos.

Stuart se metió los patines dentro de la camisa, se subió con cuidado a un montículo de lechuga y se cogió firmemente a las patas de Margalo.

—¡Listo! —gritó.

Con un batir de alas, Margalo ascendió por los aires llevando consigo a Stuart y juntos iniciaron el vuelo sobre el océano, rumbo a casa.

—¡Puf! —exclamó Margalo cuando hubieron alcanzado bastante altura—. ¡Cómo apestas, Stuart!

—Ya lo sé —respondió abatido Stuart—. Espero que el olor no te haga sentir mal.

—Apenas puedo respirar —respondió ella—. Y siento palpitaciones. ¿No podrías tirar nada para pesar menos?

—Bueno, podría tirar estos patines —dijo Stuart.

—¡Santo cielo! —exclamó el pájaro—. No sabía que llevases patines escondidos en la camisa. Arroja rápidamente esos pesados patines o acabaremos los dos en el océano.

Stuart arrojó los patines y estuvo observando su caída hasta verlos desaparecer allá abajo, en el oleaje gris.

—Así está mejor —dijo Margalo—. Ahora vamos bien. Ya veo las torres y las chimeneas de Nueva York.

Quince minutos más tarde entraban por la ventana abierta del salón de los Little y descendían sobre el helecho bostoniano. La señora Little, que había dejado la ventana abierta al echar de menos a Margalo, se alegró de verlos de regreso, pues estaba empezando a preocuparse. Cuando se enteró de lo ocurrido y de lo cerca que había estado de perder a su hijo, puso a Stuart en su mano y lo besó, a pesar del hedor. Después le

mandó su-
bir a bañarse
e hizo que George
llevase su ropa a la lavandería.

—¿Qué tal allí arriba sobre el océano Atlántico? —preguntó el señor Little, que nunca se había alejado mucho de la casa.

De modo que Stuart y Margalo le hablaron
largamente del océano, de las olas grises que se

tornaban blancas al encresparse, de las gaviotas
en el cielo, de las boyas, los barcos y los remolca-
dores, y del viento silbando en las orejas. El señor
Little suspiró y declaró que esperaba poder apar-
tarse algún día de los negocios lo suficiente como
para conseguir ver todas aquellas cosas bonitas.

Todos agradecieron a Margalo el haber salva-
do la vida de Stuart y, a la hora de la cena, la señora Little la obsequió con una diminuta tarta
cubierta de semillas.

Primavera

El gato Snowbell disfrutaba de la noche más que del día. Acaso porque a sus ojos les gustaba la oscuridad. Pero yo creo que era porque en el Nueva York nocturno hay montones de cosas que valen la pena.

Snowbell tenía varios amigos en el barrio. Algunos vivían en casas y otros en tiendas. Conocía a un gato maltés que vivía en un supermercado, a una persa blanca del vecino de la charcutería, al de piel atigrada que vivía en los sótanos de la biblioteca pública local, y a una joven y bella gata de Angora escapada de la tienda de animales de la Tercera Avenida que se había ido a vivir a su aire en el cobertizo de las herramientas de un pequeño parque cercano a la casa de Stuart.

Una hermosa tarde primaveral, Snowbell fue a ese parque a visitar a la Angora. Emprendió ya tarde el camino de regreso a casa y, como era una noche espléndida, ella decidió acompañarlo. Cuando llegaron a la vivienda de los Little, ambos gatos se sentaron al pie de la enredadera que trepaba muy alto por la pared lateral de la casa y pasaba muy cerca de la ventana del cuarto de George. Aquella planta le resultaba muy útil a Snowbell, porque podía trepar por ella y entrar en la casa por la ventana abierta.

Snowbell empezó a hablarle a su amiga sobre Margalo y Stuart.

—Vaya —dijo la gata de Angora—, ¿quieres decir que vives en la misma casa que un pájaro y un ratón y no haces nada al respecto?

—Así están las cosas —replicó Snowbell—. Pero ¿qué puedo hacer? Recuerda, por favor, que Stuart es un miembro de la familia y que el pájaro es un huésped permanente, como yo mismo.

—Bueno —dijo su amiga—, lo único que puedo decirte es que tienes un gran dominio de ti mismo.

—Sin duda —dijo Snowbell—. Pero a veces pienso que tengo más del que debería para mi propio bien; últimamente he estado muy nervioso y disgustado, y creo que es por andar siempre conteniéndome.

Las voces de los gatos iban subiendo y llegaron a hablar tan fuerte que no percibieron una ligera agitación en el follaje por encima de sus cabezas. Era una paloma gris que había estado durmiendo y que, despertada por el sonido de las voces, se había puesto a escuchar a los gatos. «Esta conversación suena interesante», se dijo la paloma. «Tal vez sea bueno que me quede a ver si me entero de algo».

Y escuchó.

—Mira —le dijo la Angora a Snowbell—, admito que un gato tiene ciertas obligaciones para con los suyos y que dadas las circunstancias estaría mal que te comieses a Margalo. Pero yo no soy un miembro de la familia y a mí nada me impide comérmela, ¿no es así?

—Así, de improviso, no se me ocurre nada en contra —corroboró Snowbell.

—Pues ¡hala! Allá voy —exclamó la Angora, y empezó a trepar por la enredadera. En ese momento, la paloma estaba ya completamente despierta y preparada para el vuelo, pero las voces procedentes de abajo continuaron.

—Aguarda un momento —dijo Snowbell—; no te des tanta prisa. No me parece buena idea que entres ahí esta noche.

—¿Y por qué no? —preguntó el otro gato.

—Pues, para empezar, no debes entrar así como así. Eso es allanamiento de morada, y podrías meterte en un lío.

—No me meteré en ningún lío —dijo la Angora.

—Aguarda hasta mañana por la noche, por favor —dijo Snowbell en tono decidido—. Los

Little van a salir, y no correrás tanto riesgo. Te lo propongo por tu bien.

—Oh, de acuerdo —asintió la Angora—. Supongo que puedo esperar. Pero tienes que decirme dónde encontrar al pájaro, una vez que haya entrado.

—Eso es fácil —dijo Snowbell—. Trepas por esta enredadera y entras por la ventana abierta del cuarto de George. Después bajas por la escalera y te encuentras al pájaro dormido en el helecho bostoniano que hay en el estante de los libros.

—Parece bastante fácil —comentó la Angora, relamiéndose—. Le estoy muy agradecida, caballero.

—¡Vaya con la tía esta! —musitó la paloma, y salió volando en busca de papel y lápiz.

Snowbell le dio las buenas noches a su amiga, trepó por la enredadera y se fue a dormir.

A la mañana siguiente, Margalo encontró una nota en la rama del helecho donde dormía: «CUÍDATE DE UN GATO INTRUSO QUE VENDRÁ DE NOCHE». Y firmaba «ALGUIEN QUE DESEA TU BIEN». Estuvo todo el día con la nota bajo el ala, preguntándose qué debía hacer, pero no se atrevió a mostrársela a nadie, ni siquiera a Stuart. Se hallaba tan asustada que no pudo comer. «¿Qué hago?», se preguntaba una y otra vez.

Finalmente, poco antes del anochecer, se encaramó a una ventana que estaba abierta y, sin decir nada a nadie, se alejó volando. Tomó rumbo al norte, guiada por un impulso interior que le decía que aquel era el camino que debía seguir un pájaro cuando llega la primavera.

El automóvil

Estuvieron tres días buscando a Margalo por todos los rincones de la casa, sin encontrar siquiera una pluma suya.

—Le habrá dado la fiebre de primavera —dijo George—. Un pájaro normal no se queda encerrado en casa con un tiempo como este.

—Tal vez tenga un marido por ahí y haya ido a reunirse con él —se le ocurrió a la señora Little.

—¡Que no! —exclamó Stuart, que sollozaba amargamente—. Todo eso son disparates.

—¿Y tú cómo lo sabes? —preguntó George.

—Porque una vez se lo pregunté —gritó Stuart— y ella me dijo que era soltera.

Todos interrogaron de forma apremiante a Snowbell, pero el gato insistió en que no sabía nada sobre la desaparición de Margalo.

—No sé por qué tenéis que convertirme en un paria, solo porque ese pajarillo se haya fugado —dijo, irritado.

Stuart estaba desolado. No tenía apetito, rechazaba los alimentos y perdía peso. Acabó decidiendo que se marcharía de casa sin decírselo a nadie y saldría por el mundo en busca de Margalo. «Y de paso podría yo también buscar fortuna», pensó.

Al día siguiente, antes del amanecer, sacó su pañuelo más grande y colocó sobre él su cepillo de dientes, dinero, jabón, un peine y un cepillo, ropa interior limpia y su brújula de bolsillo.

«Debo llevarme algún recuerdo de mi madre», pensó. Así que entró de puntillas en el dormitorio

donde ella dormía aún, se subió por el cordón de la lámpara hasta la cómoda y tiró hasta liberar un cabello enredado en el peine de la señora Little. Lo enrolló con cuidado y lo puso en el pañuelo con las demás cosas. Seguidamente formó con todo un envoltorio, que anudó al extremo de una cerilla de madera. Con el sombrero de felpa gris ladeado garbosamente y el colgante petate sostenido al hombro, Stuart abandonó la casa a hurtadillas.

—Adiós, hermoso hogar —susurró—. Quién sabe si te volveré a ver alguna vez.

Permaneció un momento indeciso en la calle, delante de la casa. El mundo resultaba un lugar

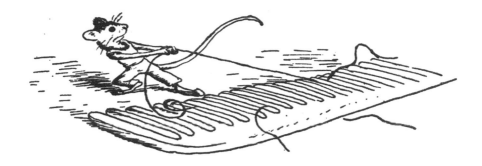

verdaderamente grande para salir en busca de un pájaro perdido. Al norte, al sur, al este, al oeste; ¿qué dirección debía tomar? Decidiendo que en un asunto de aquella importancia debía pedir consejo, Stuart se encaminó al centro de la ciudad en busca de su amigo el doctor Carey, el cirujano dentista propietario de la goleta Wasp.

El doctor se alegró de verlo. Le hizo pasar directamente a la consulta, donde estaba en plena tarea de extraerle una muela a un hombre. El hombre se llamaba Edward Clydesdale y tenía unas almohadillas de gasa colocadas a ambos lados en el interior de la boca para mantenérsela bien abierta. La muela no era fácil de extraer y el

doctor dejó que Stuart se sentase en su bande-
ja de instrumentos para poder conversar durante
el proceso.

—Le presento a mi amigo Stuart Little —le
dijo al hombre de las gasas en la boca.

—*Mu'o gu'o, Uaa* —dijo como pudo el hombre.

—Encantado —correspondió Stuart.

—Y bien, Stuart, ¿qué te trae por aquí? —preguntó el doctor Carey al tiempo que aferraba
con unas tenazas la muela del hombre y tiraba con
fuerza.

—Esta mañana me he marchado de casa — ex
puso Stuart—. Me voy por el
mundo a hacer fortuna y en

busca de un pájaro perdido. ¿Qué dirección cree usted que debería tomar? —preguntó.

El doctor Carey logró aflojar la muela y la movió hacia delante y hacia atrás.

—¿De qué color es el pájaro? —preguntó.

—Pardo —dijo Stuart.

—Será mejor que vayas hacia el norte —dijo el doctor Carey—. ¿No le parece, señor Clydesdale?

—'Uuca e 'en'aal 'aak —dijo el señor Clydesdale.

—¿Cómo? —exclamó Stuart.

—I'o e 'uuke e 'en'aal 'aak —insistió el señor Clydesdale.

—Dice que busques en Central Park —explicó el doctor Carey, introduciendo una nueva gasa en la boca del señor Clydesdale—. Y es una buena idea. A menudo las personas con mala dentadura tienen buenas ideas. En primavera, Central Park es uno de los lugares favoritos de los pájaros.

El señor Clydesdale asintió vigorosamente con la cabeza y pareció dispuesto a hablar otra vez.

—*I 'o u'ica a 'áhao e 'en'aal 'aak 'ohe 'ren 'ea 'ok 'iu ha'en y 'uca e 'oé'i'a.*

—¿Qué? —gritó Stuart, encantado con aquella nueva forma de hablar—. ¿Cómo dice, señor Clydesdale?

El hombre repitió trabajosamente lo dicho.

—Dice que, si no encuentras al pájaro en Central Park, cojas un tren de la línea Nueva York-New Raven y lo busques en Connecticut —dijo el doctor Carey. A continuación le quitó al señor Clydesdale las gasas de la boca—. Puede enjuagarse —le indicó.

El señor Clydesdale cogió un vaso que estaba al lado del sillón y se enjuagó la boca.

—Dime, Stuart —dijo el doctor Carey—, ¿cómo viajas? ¿A pie?

—Sí, señor —dijo Stuart.

—Pues creo que te iría bien un coche. En cuanto arranque esta muela, veremos qué se puede hacer. Ahora, por favor, señor Clydesdale...

El doctor Carey cogió de nuevo la muela con las tenazas y esta vez tiró con tanta fuerza y determinación que la muela salió por fin, lo cual fue un alivio para todos, y en particular para el señor Clydesdale. Entonces, el doctor condujo a Stuart a otra habitación. Cogió de un estante un pequeño automóvil de unas seis pulgadas de largo: la miniatura más perfecta que Stuart hubiese visto nunca. Era de un amarillo brillante, con guardabarros negros; un coche aerodinámico y de elegante diseño.

—Lo he fabricado yo mismo —dijo el doctor Carey—. Me apasiona fabricar coches y barcos en miniatura cuando no estoy arrancando muelas. Este coche tiene un motor de gasolina auténtico y bastante potencia. ¿Crees que podrás conducirlo, Stuart?

—Desde luego —respondió el interpelado, examinando el asiento del conductor y probando la bocina—. Pero ¿no llamará demasiado la atención? ¿No se quedará todo el mundo mirando un automóvil tan pequeño como este?

—Ciertamente lo harían si te viesen —replicó el doctor Carey—. Pero nadie podrá verte ni a ti ni al coche.

—¿Por qué no? —preguntó Stuart.

—Porque es un automóvil totalmente nuevo y experimental. No solo no hace ruido, sino que es invisible. Nadie lo ve.

—Yo sí lo veo —comentó Stuart.

—¡Pulsa ese botoncillo! —ordenó el doctor, señalándolo en el panel de indicadores. Stuart obedeció, y al instante el coche desapareció de la vista.

—Ahora púlsalo otra vez —dijo el doctor.

—¿Cómo voy a hacerlo, si no lo veo? —preguntó Stuart.

—Localízalo al tacto.

Stuart tanteó hasta que su mano tocó un botón. Parecía el mismo, y Stuart lo pulsó. Oyó una especie de leve chirrido y sintió que algo se deslizaba por debajo de su mano.

—¡Eh, cuidado! —gritó el doctor Carey—. Has pulsado el botón de arranque. ¡Ahí va! ¡Se escapa! Anda suelto por la habitación… Ahora no lo cogeremos nunca… —Levantó a Stuart y lo puso sobre una mesa para evitar que fuese atropellado por el coche fugitivo.

—¡Oh, cielos! —exclamó Stuart al darse cuenta de lo que había hecho. Era una situación realmente embarazosa. Ni él ni el doctor Carey veían el cochecillo, que, sin embargo, corría a

toda velocidad por la habitación, chocando contra los objetos. Primero hubo un estrépito por el
lado de la chimenea. La escobilla del fogón se
fue al suelo. El doctor Carey saltó hacia el lugar
de donde había venido el ruido. Pero, aunque se
movió rápidamente, apenas había puesto las manos en aquel punto cuando se oyó otro estruendo,
esta vez junto a la papelera. El doctor volvió a saltar. Un salto. ¡Crash! Otro salto. ¡Bum! El doctor
iba por toda la habitación, saltando y fallando.
Es prácticamente imposible dar caza a un veloz
automóvil invisible en miniatura, aunque uno sea
un hábil dentista.

—¡Oh!, ¡oh! —chillaba Stuart, saltando sobre la mesa—. ¡Lo lamento, doctor Carey! ¡Lo lamento muchísimo!

—¡Coge una red de cazar mariposas! —voceó el doctor.

—Imposible —dijo Stuart—. No tengo tamaño suficiente para cargar con una.

—Es verdad —dijo el doctor Carey—. Lo había olvidado. Discúlpame.

—El coche tiene que quedarse en algún momento sin gasolina.

—También eso es verdad —dijo el doctor. De manera que se sentaron y aguardaron pacientemente hasta que cesaron los ruidos. Entonces el doctor se puso a cuatro patas y gateó cuidadosamente por el cuarto, tanteando a un lado y a otro, hasta que por fin encontró el coche. Estaba en la chimenea, casi sepultado en la ceniza. El doctor pulsó el botón apropiado y allí quedó el coche nuevamente visible, con el guardabarros delantero abollado, el radiador perdiendo agua, los faros rotos, el parabrisas hecho añicos, el neumático

trasero de la derecha pinchado y un buen número de arañazos en la pintura amarilla del capó.

—¡Qué desastre! —gimió el doctor—. Stuart,
espero que aprendas la lección: nunca pulses un
botón en un automóvil, a menos que estés seguro
de lo que haces.

—Sí, señor —dijo Stuart con los ojos llenos de
lágrimas, cada una más pequeña que una gota
de rocío. Había sido una mañana desdichada, y
ya sentía nostalgia del hogar. Tenía la convicción
de que nunca volvería a ver a Margalo.

En el aula

Mientras el doctor Carey efectuaba las necesarias reparaciones al coche, Stuart se fue de compras. Decidió que, puesto que estaba a punto de realizar un largo viaje en coche, debía disponer de la ropa apropiada. Fue a una tienda de muñecas, donde tenían cosas adecuadas para su tamaño, y se proveyó de todo: maletas, trajes, camisas y accesorios. Lo hizo cargar en su cuenta y quedó muy satisfecho con lo adquirido. Esa noche durmió en el apartamento del doctor.

Partió temprano a la mañana siguiente, para evitar el tráfico. Pensó que sería una buena idea salir a la carretera antes de que hubiese demasiados camiones y coches. Atravesó Central Park hasta la calle Ciento Diez, de allí a la carretera del West Side y luego al norte para coger la autopista de Saw Mill River. El coche funcionaba de maravilla, y aunque la gente se quedaba mirándolo, a Stuart no le importaba. Tuvo cuidado de no pulsar el botón que le había causado tantos problemas el día anterior. Había decidido que no volvería a hacerlo jamás.

En el preciso momento en que salía el sol, Stuart vio sentado a la vera del camino a un hombre de aspecto ensimismado. Se acercó a él y detuvo el coche, sacando la cabeza por la ventanilla.

—A usted le preocupa algo, ¿verdad? —preguntó Stuart.

—Sí, es verdad —dijo el hombre, que era alto
y apacible.

—¿Pucdo ayudarle en algo? —ofreció amablemente Stuart.

El hombre meneó la cabeza.

—Se trata de una situación insoportable, creo
—replicó—. Es que soy el inspector escolar de
este distrito.

—Eso no es ninguna situación insoportable
—dijo Stuart—. Mala sí, pero no insoportable.

—Bueno —prosiguió el hombre—, siempre tengo problemas que no puedo resolver. Hoy, por ejemplo, una de mis maestras está enferma. La señorita Gunderson, así se llama. Enseña en la escuela número siete. Tengo que encontrarle un sustituto, un maestro que ocupe su lugar.

—¿Y qué es lo que le pasa a ella? —preguntó Stuart.

—No lo sé exactamente —replicó el inspector—. El médico dice que puede que tenga cálculos.

—¿No puede usted encontrar otro maestro?

—No, ese es el problema. En este pueblo nadie sabe nada; no hay maestros suplentes ni nada parecido. Las clases comienzan dentro de una hora.

—Yo tendría mucho gusto en reemplazar a la señorita Gunderson por un día, si usted quiere —sugirió amablemente Stuart.

El inspector escolar levantó la vista.

—¿De veras?

—Así es —dijo Stuart—. Sería un placer.

Abrió la puerta del pequeño automóvil y se bajó. Fue a la parte trasera para abrir el compartimiento de equipaje y sacar la maleta.

—Si voy a entrar a un aula a dar clase, debo quitarme esta ropa de automovilista y ponerme algo más adecuado —dijo. Trepó por el talud, se introdujo en un matorral y un par de minutos después regresaba vestido con pantalón a rayas, chaqueta gris moteada en blanco y negro, corbata estilo Windsor y gafas sin patillas. Dobló las otras prendas y las guardó en la maleta.

—¿Cree usted que podrá mantener la disciplina? —preguntó el inspector.

—Desde luego que sí —replicó Stuart—. Haré que la tarea sea interesante, y la disciplina se guardará sola.

El hombre le dio las gracias y se estrecharon la mano.

A las nueve menos cuarto los alumnos aguardaban en la escuela número siete. Cuando notaron la ausencia de la señorita Gunderson y corrió la voz de que acudiría un sustituto, todos se alegraron.

—¡Un sustituto! —le susurró un alumno a otro—. ¡Un sustituto! ¡Un sustituto!

La noticia se extendió con rapidez y pronto todos en el aula sabían que iban a descansar de la señorita Gunderson al menos por un día y a tener la agradable experiencia de

recibir su enseñanza de un maestro desconocido a quien nadie había visto nunca.

Stuart llegó a las nueve. Aparcó el coche sin titubear a la puerta de la escuela, entró con paso resuelto en el aula, encontró una regla apoyada contra el escritorio de la señorita Gunderson y trepó por ella hasta la mesa. Allí había un tintero, un puntero, algunos lápices y bolígrafos, una botella de tinta, tizas, un timbre manual, dos horquillas para el pelo y tres o cuatro libros apilados. Se subió ágilmente a la pila de libros y saltó sobre el botón del timbre. Con su peso fue bastante para hacerlo sonar, y a continuación Stuart se deslizó por la campana, caminó hasta la parte delantera de la mesa y gritó:

—¡Atención, por favor!

Los niños y niñas se congregaron alrededor de la mesa para mirar al sustituto. Hablaban todos a la vez y parecían encantados. Se oían las risitas contenidas de las niñas y las risas abiertas de los niños, y los ojos de todos ellos brillaban de entusiasmo al ver a aquel profesor tan pequeño y apuesto, y tan correctamente vestido.

—¡Haced el favor de prestar atención! —reiteró Stuart—. Como sabréis, la señorita Gunderson está indispuesta y yo ocupo su lugar.

—¿Qué es lo que le ocurre a ella? —preguntó Roy Hart impulsivamente.

—Un problema de vitaminas —dijo Stuart—. Tomó vitamina D cuando la que le hacía falta era la A. Tomó B cuando estaba escasa de la C, y su sistema se sobrecargó de riboflavina, clorhidrato de tiamina y hasta de piridoxina, cuya necesidad para el organismo humano todavía no ha sido aclarada. ¡Que eso nos sirva de lección! —Miró fieramente a los chicos, que cesaron de hacer preguntas sobre la señorita Gunderson.

—¡Todo el mundo a sus asientos! —ordenó Stuart. Los alumnos enfilaron obedientemente hacia sus respectivos pupitres y cada cual se dejó caer en su asiento. La clase quedó en silencio. Stuart carraspeó. Cogiéndose una solapa con cada mano para darse aires de profesor, empezó:

—¿Falta alguien?

Los alumnos negaron con la cabeza.

—¿Se ha retrasado alguno?

Tampoco.

—Muy bien —dijo Stuart—. ¿Cuál suele ser la primera asignatura de la mañana?

—¡Aritmética! —gritaron los niños.

—¡Pasemos hoy de la Aritmética! —dijo bruscamente Stuart.

Hubo grandes voces de entusiasmo ante la sugerencia. Todos los alumnos estuvieron completamente de acuerdo en saltarse por un día la Aritmética.

—¿Qué es lo siguiente? —preguntó Stuart.

—¡Ortografía! —exclamaron los niños.

—Bueno —dijo Stuart—, una palabra mal escrita es una abominación a los ojos de cualquiera. Considero que escribir correctamente las palabras es algo muy bueno y les recomiendo que se compren el diccionario escolar Webster para consultarlo ante la menor duda. Eso en cuanto a Ortografía. ¿Qué viene después?

Los alumnos quedaron tan contentos de librarse de la Ortografía como antes de la Aritmética; lanzaban gritos de alegría, se miraban y se reían, agitaban en alto pañuelos y reglas, y algunos de los chicos les lanzaban a las niñas bolitas de papel mojado en saliva. Para restaurar el orden, Stuart tuvo que subirse de nuevo a la pila de libros y dejarse caer sobre el timbre.

—¿Qué es lo siguiente? —insistió.

—¡Redacción! —exclamaron los alumnos.

—Cielos —dijo Stuart con gesto de desagrado—, ¿es que todavía no sabéis escribir?

—¡Sí que sabemos! —gritaron todos al unísono.

—Pues no hay más que hablar —dijo Stuart.

—Después viene Ciencias Sociales —exclamó con entusiasmo Elizabeth Gardnel.

—¿Ciencias Sociales? No me suena —dijo Stuart—. En lugar de dedicarnos esta mañana a una asignatura en particular, ¿no creen que sería mejor que simplemente hablásemos de algo?

Los alumnos se miraron expectantes.

—¿Podríamos hablar de la sensación que sientes cuando sujetas una serpiente con la mano y se te enrosca en la muñeca? —preguntó Arthur Green-law.

—Podríamos hablar del pecado y del vicio —propuso Lydia Lacey.

—De eso nada. ¿Otra sugerencia?

—¿Podríamos hablar de la mujer gorda del circo que tenía la barbilla toda peluda? —rogó Isidor Feinberg con nostalgia.

—No —dijo Stuart—. Hagamos una cosa: hablaremos del Rey del Mundo.

Y recorrió el aula con la mirada, esperando ver la reacción que la idea suscitaba en los chicos.

—No hay ningún Rey del Mundo —dijo Harry Jamieson con gesto desdeñoso.

—¿Y qué? —dijo Stuart—. Debería haberlo.

—Los reyes están pasados de moda —dijo Harry.

—Bueno, entonces hablemos del Presidente del Mundo. El mundo se mete en infinidad de líos por no tener un presidente. Me gustaría ser yo el Presidente del Mundo.

Usted es demasiado pequeño —dijo Mary Bendix.

—¡Oh, tonterías! —afirmó Stuart—. El tamaño no tiene nada que ver. Lo que cuenta son el carácter y la capacidad de la persona. El Presidente tiene que ser capaz y saber qué es lo importante. ¿Cuántos de vosotros sabéis qué es importante?

Todas las manos se levantaron.

—Muy bien —dijo Stuart, cruzando las piernas y metiéndose las manos en los bolsillos de la chaqueta—. Henry Rackmeyer, díganos qué es importante.

—Un rayo de sol al final de una tarde triste, una nota musical, y el modo en que huele la nuca

de un bebé si su madre lo mantiene bien limpio
—respondió Henry.

—Correcto —dijo Stuart—. Esas son cosas
importantes. Solo se te ha olvidado una. Mary
Bendix: ¿qué es lo que se le ha olvidado a Henry Rackmeyer?

—Se le ha olvidado el helado de crema con
chocolate derretido por encima —dijo inmediatamente Mary.

—Exacto —dijo Stuart—. El helado es importante. Ahora bien, si voy a ser Presidente
del Mundo esta mañana, es preciso que establezcamos algunas normas, de lo contrario, habrá demasiada confusión con cada uno de vosotros corriendo por su lado y cogiendo cosas y
ninguno portándose bien. Si vamos a jugar a
este juego, tenemos que dictar algunas leyes.
¿Se le ocurre a alguien alguna buena ley para el
mundo?

Albert Fernstrom levantó la mano.

—No comer setas, porque pueden ser vene-nosas —propuso Albert.

—Eso no es una ley —dijo Stuart—, sino tan solo un consejo amistoso. Muy buen consejo, Albert, pero un consejo y una ley son cosas diferentes. Una ley es algo mucho más serio. Sumamente serio. ¿Alguien más ha pensado en una ley para el mundo?

—Prohibido birlar nada —propuso muy serio John Poldowski.

—Muy bien —dijo Stuart—. Buena ley.

—No envenenar más que a las ratas —dijo Anthony Brendisi.

—Eso no sirve —dijo—. Es injusto para las ratas. La ley tiene que ser justa para todos.

Anthony puso cara de contrariedad.

—Pero las ratas no son justas con nosotros —dijo—. Las ratas son perjudiciales.

—Ya lo sé —dijo Stuart—. Pero desde el punto de vista de las ratas, el veneno es perjudicial.

Un Presidente debe considerar todos los aspectos de un problema.

—¿Tiene usted el punto de vista de una rata? —preguntó Anthony—. Se parece un poco a una rata.

—No —replicó Stuart—, tengo más bien el punto de vista de un ratón, lo cual es muy distinto. Veo las cosas en su totalidad. Me parece evidente que las ratas están en situación de inferioridad. Nunca han podido salir al descubierto.

—A las ratas no les gusta andar al descubierto —dijo Agnes Beretska.

—Eso es porque, cada vez que salen, alguien las ataca. Puede que les gustasen los espacios abiertos si les permitiesen transitar por ellos. ¿Alguna otra proposición?

Agnes Beretska levantó la mano.

—Debería haber una ley contra las peleas.

—Eso no es viable —dijo Stuart—. A los hombres les gusta pelearse. Pero andas cerca, Agnes.

—¿No reñir? —aventuró tímidamente ella. Stuart hizo un gesto negativo con la cabeza.

—Prohibido obrar mal con los demás —sugirió Mildred Hoffenstein.

—Excelente ley —dijo Stuart—. Cuando yo sea Presidente del Mundo, todo el que obre mal con otro se llevará una bronca.

—Eso no funcionará —observó Henry Prendergast—. Hay personas que obran mal por naturaleza. Albert Fernstrom siempre me está tratando mal.

—Yo no digo que vaya a funcionar —dijo Stuart—. Es una buena ley y vamos a ponerla a prueba ahora mismo. Quiero que alguien obre mal con un compañero. Harry Jamieson, hazlo tú con Katherine Stableford. Pero aguarda un momento. ¿Qué es eso que tienes en la mano, Katherine?

—Es una pequeña almohadilla rellena de flores fragantes.

—¿No pone acaso «Por ti suspiro, por ti mi pena consuelo»?

—Sí —dijo Katherine.

—¿Le tienes mucho cariño?

—Claro que sí.

—Vale —dijo Stuart—. Harry, ¡quítasela!

Harry fue deprisa hasta el lugar de Katherine, le arrebató la almohadilla de la mano y regresó corriendo a su asiento, mientras ella chillaba.

—Ahora bien —dijo Stuart en tono enérgico—, ¡estaos quietos, mis buenos amigos, mientras vuestro Presidente consulta el código! —Hizo como que hojeaba un libro—. Aquí está. Página 492: «No obrar mal con los demás». Página 560: «Prohibido birlar nada». Harry Jamieson ha quebrantado dos leyes. La que prohíbe obrar mal con los demás y la que dice que no se puede birlar nada. ¡Vamos a impedir que Harry continúe obrando mal, antes de que se habitúe y la gente ya no le reconozca!

Corrió hasta la regla y descendió por ella al
modo de los bomberos cuando suena una llama-
da en el parque. Fue velozmente hacia Harry, y
los demás chicos saltaron de sus asientos, echaron
a correr por los pasillos entre los
pupitres y se amontonaron alrededor de su compañero
mientras Stuart le ordenaba
devolver la almohadilla. Harry parecía asustado, aunque
sabía que se trataba solo de
una prueba. Le entregó la almohadilla a Katherine.

—¿Lo veis? —dijo Stuart—. Ha funcionado bastante bien. La ley de no obrar mal es perfectamente válida. —Se secó la frente con un pañuelo, pues el hacer de Presidente del Mundo le había hecho sudar. Había tenido que correr, saltar y deslizarse más de lo que había imaginado. Katherine estaba sumamente contenta de haber recuperado su almohadilla.

—Veamos un momento esa almohadilla —dijo Stuart, preso de una creciente curiosidad. Katherine se la mostró. Era más o menos del largo de

Stuart, que súbitamente pensó en el fragante lecho en que podía convertirla. Empezó a sentir grandes deseos de quedarse con ella.

—Es un objeto muy bonito —dijo, tratando de ocultar su interés—. No querrás venderla, ¿verdad?

—Oh, no —replicó Katherine—. Es un regalo.

—Supongo que te la regalaría un chico a quien conociste el verano pasado en el lago Hopatcong y te recuerda a él —murmuró con aire distraído.

—Así es —dijo Katherine, ruborizándose.

—¡Ah! —dijo Stuart—. Los veranos son maravillosos, ¿no es cierto, Katherine?

—Sí, y el verano pasado fue el más maravilloso de mi vida.

—Me lo puedo imaginar —replicó él—. ¿Estás segura de no querer vender esa almohadilla?

Katherine hizo un gesto negativo con la cabeza.

—Lo comprendo muy bien —dijo Stuart en tono apacible—. El verano es una cosa importante. Es como un rayo de sol.

—O una nota musical —acotó Elizabeth Acheson.

—O el perfume de la nuca de un bebé si su madre lo mantiene bien limpio —dijo Marilyn Roberts.

Stuart suspiró.

—No olvidéis nunca vuestros veranos, queridas mías —dijo—. Bien, ahora tengo que marcharme. Ha sido un placer conoceros. Se acabó la clase.

A grandes pasos se encaminó con rapidez a la puerta, montó en el coche y, con un último ademán de despedida, partió en dirección norte, mientras los chicos corrían detrás gritando:

—¡Adiós! ¡Adiós! ¡Adiós!

A todos les habría gustado tener diariamente un sustituto, en lugar de a la señorita Gunderson.

En el pueblo

En el más bonito de los pueblos, en el que las casas eran blancas y altas y los olmos verdes y más altos que las casas; donde los jardines eran amplios y acogedores y los patios traseros abundantes en arbustos dignos de ser explorados; donde las calles descendían hacia el río y el río discurría serenamente por debajo del puente; donde las zonas cubiertas de césped terminaban en huertos y los huertos en el campo, y los campos en pastizales que trepaban por la colina y desaparecían al otro lado de la cima en dirección al magnífico cielo azul; en aquel, el más adorable de los pueblos, se detuvo Stuart a beber un refresco de zarzaparrilla.

Después de aparcar delante de la tienda de artículos diversos, salió del coche, y el sol le cayó tan bien que decidió sentarse un ratito en el porche a disfrutar la sensación que le producía estar en aquel lugar nuevo en un día tan espléndido. Era el sitio más bello y tranquilo que había encontrado en todos sus viajes. Le pareció el rincón donde podría pasar felizmente el resto de sus días, si no fuese porque tal vez llegara a echar en falta los panoramas de Nueva York y a sentir nostalgia de su familia —el señor Frederick C. Little y señora, más George—, y porque algo en lo más profundo de su ser le hacía desear encontrar a Margalo.

Al cabo de un rato, el dueño de la tienda salió a fumar un cigarrillo y se unió a Stuart en los

escalones del porche. Iba a ofrecerle un cigarrillo, pero, al fijarse en lo pequeño que era, cambió
de idea.

—¿Tiene refresco de zarzaparrilla en la tienda? —preguntó Stuart—. Tengo una sed atroz.

—Claro —dijo el tendero—. Lo que usted
quiera. Zarzaparrilla, zumos, cerveza de jengibre,
Moxie, gaseosa, Coca-Cola, Pepsi-Cola, Dipsi-

Cola, Pipsi-Cola, Popsi-Cola y tónica de crema de frambuesa. Lo que quiera.

—Deme una botella de zarzaparrilla, por favor —dijo Stuart—, y un vaso de papel.

El tendero volvió a entrar en la tienda y regresó con el refresco. Abrió la botella, vertió un poco en el vaso y lo colocó en el escalón inferior al de Stuart. Este se quitó la gorra, se echó sobre el estómago, sumergió la gorra en el líquido y, utilizándola a modo de cacillo, bebió un poco.

—¡Qué agradable! —comentó—. Cuando se está de viaje, no hay nada para el calor como un trago de bebida bien fría.

—¿Va usted lejos? —preguntó el tendero.

—Puede que muy lejos —contestó Stuart—. Estoy buscando a un pájaro llamado Margalo. ¿No lo habrá visto, por casualidad?

—Pues no lo sé —dijo el tendero—. ¿Qué aspecto tiene?

—Sumamente hermoso —replicó Stuart, limpiándose con la manga los labios mojados de zarzaparrilla—. Es un ave notable. Le llamaría la atención a cualquiera. Viene de un lugar donde hay cardos.

El tendero le miró de cerca.

—¿Cuánto mide usted? —preguntó.

—¿Quiere decir sin zapatos? —dijo Stuart.

—Sí.

—Dos pulgadas y cuarto. Pero no me he medido últimamente. Puede que haya crecido algo.

—Pues ¿sabe usted una cosa? —dijo el tendero en tono meditabundo—. En este pueblo hay alguien a quien creo que debería conocer.

—¿Y quién es? —preguntó Stuart, bostezando.

—Harriet Ames —dijo el hombre—. Es de su misma altura, o un poco más baja, si acaso.

—¿Y cómo es? —preguntó Stuart—. ¿Rubia, robusta y cuarentona?

—No, Harriet es joven y bastante guapa. Además, se la tiene por una de las muchachas mejor vestidas del pueblo. Le confeccionan toda la ropa a medida.

—¿Ah, sí?

—Sí. Harriet es una gran chica. Su familia, los Ames, es bastante destacada en este pueblo. Uno de sus antepasados poseía una balsa en este lugar en tiempos de la Revolución. Él llevaba en su balsa a cualquiera para cruzar el río: no le importaba si los soldados eran americanos o ingleses, con tal que pagaran su pasaje. Calculo que no le fue mal. En todo caso, los Ames siempre han tenido dinero en abundancia. Viven en una mansión con montones de sirvientes. Estoy seguro de que a Harriet le interesaría mucho conocerle.

—Muy amable —dijo Stuart—, pero actualmente no hago mucha vida social. Ando siempre de un lado para el otro. Nunca me quedo en el mismo sitio por mucho tiempo. Llego a un pueblo y me voy enseguida; un día aquí, mañana allí, según mis impulsos del momento. Las autopistas y los caminos laterales son los lugares donde es fácil encontrarme, siempre buscando a Margalo. A veces tengo la sensación de estar muy cerca de ella y de que la veré en la próxima curva. Otras veces siento que no la encontraré nunca y que jamás volveré a oír su voz. Esto me recuerda que es hora de reemprender el camino.

Pagó el refresco, se despidió del tendero y partió.

Pero Ames'Crossing le seguía pareciendo el pueblo más bonito que había conocido, y antes de llegar al final de la calle principal torció brus-

camente a la izquierda y cogió un camino sin pa-
vimentar que le condujo a un tranquilo rincón a
la orilla del río. Esa tarde estuvo nadando y después se tumbó sobre la ribera cubierta de musgo,
con las manos enlazadas por debajo de la cabeza,
y sus pensamientos retornaron a la conversación
que había mantenido con el tendero.

—Harriet Ames... —murmuró.

Se hizo de noche y Stuart permanecía aún a la
vera del río. A modo de cena tomó un sándwich

de queso y un vaso de agua, y se durmió sobre la tibia hierba, con el sonido de la corriente en los oídos.

A la mañana siguiente había un sol cálido y resplandeciente, y Stuart se metió en el río para darse un temprano chapuzón. Después del desayuno, dejó el coche escondido bajo la hoja de una planta y se fue andando a la oficina de correos. Mientras llenaba su pluma en el tintero para el público, miró casualmente hacia la puerta, y lo que vio le causó una sorpresa tal que por poco pierde el equilibrio y se cae en la tinta. Una chica de unas dos pulgadas de altura acababa de entrar y avanzaba en dirección al apartado de correos. Vestía ropa de deporte y caminaba con la cabeza erguida. Llevaba prendido en el cabello el estambre de una flor.

Stuart experimentó una fuerte emoción.

«Tiene que ser la hija de los Ames», se dijo. Y, oculto detrás del tintero, la observó abrir su

casilla postal, que tenía una media pulgada de ancho, y extraer las cartas. El tendero había dicho la verdad: Harriet era guapa. Y desde luego era la única chica con la que hubiera tropezado que no medía como una milla más que él. Calculó que, si fuesen andando uno al lado del otro, la cabeza de ella le llegaría poco más arriba del hombro. Esa idea intensificó su interés. Tuvo ganas de deslizarse al suelo y abordarla, pero no se atrevió. Todo su valor le había abandonado, de modo que se quedó escondido tras el tintero hasta que Harriet se fue. Una vez seguro de que ella estaba fuera de la vista, se escabulló de la oficina y se dirigió furtivamente por la calle hacia la tienda del pueblo, en parte con la esperanza de encontrar allí a la hermosa muchacha, en parte temiendo que estuviese.

—¿Tiene papel de carta con iniciales? —le preguntó al tendero—. Tengo correspondencia pendiente.

El tendero ayudó a Stuart a subir al mostrador y le buscó el papel que pedía, de pequeño formato y con una pequeña «L» grabada en una esquina. Stuart sacudió su pluma y, sentado con la espalda contra una chocolatina de cinco centavos, empezó a escribirle una carta a Harriet:

Querida señorita Ames:

Soy una persona de proporciones reducidas. He nacido en Nueva York, pero actualmente viajo por asuntos de índole privada. Mi itinerario me ha traído a su pueblo. Ayer, el tendero local, que tiene cara de hombre honesto y un talante franco, me habló brevemente de usted, de su carácter y su aspecto, en los términos más halagüeños.

E. B. White

Al llegar a este punto, la pluma se
le quedó sin tinta a fuerza de escribir tantas palabras largas, y
Stuart tuvo que hacer que el
tendero lo bajase de cabeza
al interior de un frasco de
tinta para poder llenarla.
Después continuó escri-
biendo:

*Le ruego que me disculpe, señorita Ames, por
pretender trabar conocimiento con usted con la en-
deble excusa de la semejanza física; pero, como desde luego usted sabrá, el hecho es que hay muy po-
cas personas que midan solamente dos pulgadas.
Pongo dos pulgadas, aunque en realidad soy un
poco más alto. Mi única desventaja es que tengo
cierta semejanza con un ratón. No obstante, mis
proporciones son armónicas. Mi desarrollo muscu-
lar es superior al de mi edad. Permítame decírselo*

con toda franqueza: *mi propósito al escribirle es que nos conozcamos. Comprendiendo que sus padres puedan poner reparos ante lo repentino y directo de mi proposición, lo mismo que debido a mi apariencia algo ratonil, pienso que sería probablemente buena idea que no les mencionase usted el asunto por el momento. Lo que se ignora no daña. Pero usted sabrá mejor que yo la manera de tratar a sus padres, así que no intentaré instruirla al respecto y lo dejaré todo a su mejor criterio.*

Como soy aficionado al aire libre, estoy acampado a orillas del río, en un rincón encantador al final de Tracy's Lane. ¿Querría usted acompañarme a dar un paseo en canoa? ¿Qué le parece mañana por la tarde, hacia la puesta del sol, cuando hemos dejado atrás las pequeñas contrariedades diarias y el río parece discurrir más serenamente bajo la sombra alargada de los sauces? Estos apacibles atardeceres fueron concebidos por unos arquitectos especiales para el disfrute de las remeras.

Me encanta el agua, querida señorita Ames, y mi canoa es como un viejo en quien se confía.

Con el entusiasmo de estarle escribiendo a Harriet Ames, Stuart olvidó que no poseía ninguna canoa.

Si decide aceptar mi invitación, acérquese al río mañana, a eso de las cinco. Estaré aguardando su llegada con todas las ansias de que soy capaz. Y ahora debo concluir esta carta atrevida y volver a mis asuntos.

Le saluda muy atentamente,
STUART LITTLE

Después de haber metido la carta en un sobre, Stuart se volvió hacia el tendero.

—¿Dónde puedo conseguir una canoa? —inquirió.

—Aquí mismo —replicó el tendero.

Fue hasta el mostrador de objetos de recuerdo y bajó una pequeña canoa hecha de corteza de abedul con la inscripción SUMMER MEMORIES* estampada en un costado. Stuart la examinó minuciosamente.

—¿No hace agua? —preguntó.

—Es una buena canoa —replicó el tendero, restaurándole suavemente la forma con los dedos—. Le costará setenta y cinco centavos, más uno de impuestos.

Stuart sacó el dinero y pagó. A continuación miró dentro de la canoa y vio que no tenía remos.

—¿Y los remos? —preguntó con aire de entendido. El tendero rebuscó entre los objetos de recuerdo, pero al parecer no pudo encontrar remos, de modo que fue hasta el mostrador de los helados y regresó con un par de cucharillas de cartón, de las que se utilizan para comer helados.

---

* Recuerdo del verano. (N. del T.)

—Estas servirán perfectamente como remos —dijo.

Stuart cogió las cucharillas, pero sin que su aspecto le complaciera lo más mínimo.

—Puede que funcionen, sí —dijo—, pero no me gustaría nada tropezar con un indio americano y que me viese con una de estas cosas en la mano.

El tendero fue hasta la puerta de la tienda llevando la canoa y los remos y depositó todo en

el suelo. Se preguntó qué haría aquel diminuto deportista a continuación, pero Stuart le dio enseguida la respuesta. Sacando del bolsillo un trozo de hilo, aseguró los remos al asiento del remero, se echó ágilmente la canoa boca abajo a la cabeza y se alejó andando con la calma de un guía canadiense. Estaba muy orgulloso de su habilidad con las embarcaciones y le gustaba alardear de ella.

Atardecer en el río

Al llegar a su campamento a la orilla del río, Stuart estaba cansado y con calor.

Metió la canoa en el río y comprobó disgustado que hacía abundante agua. La corteza de abedul estaba sujeta en la parte de proa con unas puntadas, y el agua entraba por los agujeros de la costura. En pocos segundos la canoa se llenó hasta la mitad.

—¡Maldición! —exclamó Stuart—. Me han timado.

Había pagado setenta y cinco centavos por una auténtica canoa india de corteza de abedul solo para descubrir que hacía agua.

—¡Maldición! —murmuró nuevamente.

Acto seguido achicó el agua y la arrastró a la playa para repararla. Sabía que no podía llevar a Harriet en una canoa que hacía agua: no iba a gustarle nada. A pesar del cansancio, trepó a un abeto y recogió un poco de resina. Con esta recubrió la costura y eliminó la entrada de agua. Aun así, la canoa resultaba una embarcación insegura.

Si no hubiera sido por su vasta experiencia, Stuart se las habría visto en graves aprietos con ella. Era inestable aun como objeto de recuerdo, y por eso Stuart recogió unas piedras con las que lastró la embarcación hasta conseguir que flotase en equilibrio. Armó un respaldo para que Harriet pudiera reclinarse y mojarse los dedos en el agua si así le apetecía. Fabricó asimismo una almohada, envolviendo un poco de musgo en uno de sus pañuelos limpios. Después practicó con el remo. Le disgustaba no tener nada mejor que una cucharilla de helado como remo, pero comprendió que no le quedaba más remedio que resignarse. Se preguntó si Harriet lo notaría.

Pasó toda la tarde trabajando en la canoa, ajustando el lastre, rellenando agujeros y dejando todo en orden para el día siguiente. No podía pensar más que en su cita con Harriet. A la hora de cenar cogió el hacha, taló un diente de león para beber su jugo, abrió una lata de jamón co-

cido y tomó una ligera cena. Después se recostó
contra un helecho, cogió un trocito de resina
para mascar y se quedó allí en la orilla soñando

y mascando resina. Repasó en su imaginación
cada detalle del paseo del día siguiente con Harriet. Con los ojos cerrados lo vio todo con niti-
dez: el aspecto de ella bajando por el sendero
hacia el río, lo apacible y sereno que se encon-
traría este en el crepúsculo vespertino, lo airosa
que destacaría la canoa junto a la orilla. Vivió
anticipadamente cada minuto de la tarde que
iban a compartir. Remarían río arriba hasta una

gran hoja de nenúfar e invitaría a Harriet a saltar
y reposar un momento allí. Stuart planeaba llevar el bañador puesto debajo de la ropa para
poder zambullirse desde el nenúfar a las fres-
cas aguas del río. Nadaría al estilo crol de aquí
para allá y alrededor de la hoja de nenúfar, con
Harriet contemplándole y admirando su habilidad de nadador. (Stuart mascó la resina con gran
rapidez al llegar a esta parte del episodio).

De pronto abrió los ojos y se enderezó. Pensó en la carta que había enviado y se preguntó si

habría sido entregada. Era, desde luego una carta insólitamente pequeña, y podía haber pasado desapercibida en el fondo del buzón. Aquel pensamiento le llenó de temor y preocupación. Pero pronto dejó que su imaginación regresara al río. Y mientras permanecía allí tumbado, una chotacabras se puso a cantar al otro lado del río, la oscuridad se extendió sobre el paisaje y se quedó dormido.

El día siguiente amaneció nublado. Stuart tenía que ir al pueblo a hacer que le cambiasen el aceite al coche. De modo que escondió la canoa debajo de unas hojas, la amarró firmemente a una piedra y salió a cumplir su recado, todavía pensando en Harriet y deseando que el día mejorase. El cielo amenazaba lluvia.

Regresó del pueblo con dolor de cabeza, pero esperaba encontrarse mejor antes de las cinco. Estaba bastante nervioso, pues nunca antes había llevado a una chica a pasear en canoa. Pasó

la tarde dando vueltas por el campamento, pro-
bándose diversas camisas para ver cuál le sentaba
mejor y peinándose los bigotes. Tan pronto se
ponía una camisa limpia, descubría que la había
mojado en las axilas debido a su nerviosismo, y
tenía que cambiársela por otra seca. Se puso una
a las dos, otra a las tres y otra a las cuatro y cuarto. Aquello le ocupó toda la tarde. Cuanto más
cerca estaban las cinco, más nervioso se sentía.
Miraba continuamente el reloj y alzaba la vista
hacia el sendero. Hablaba consigo mismo, se pei-
naba, no podía estarse quieto. El tiempo empeo-
raba y Stuart estaba casi seguro de que iba a llover.
No acertaba a imaginar qué haría si se ponía a
llover en el preciso momento en que apareciese
Harriet para su paseo en canoa.

Por fin fueron las cinco. Stuart oyó acercarse a
alguien por el sendero. Era Harriet. Había aceptado
su invitación. Él se sentó apoyado en un tallo cortado y trató de adoptar una pose despreocupada,

como si estuviese habituado a sacar chicas a pasear. Aguardó a que Harriet se encontrase a pocos pasos de él antes de levantarse.

—¡Hola! —dijo, procurando que no le temblase la voz.

—¿Es usted el señor Little? —preguntó Harriet.

—Sí —dijo Stuart—. Ha sido muy amable al venir.

—Y usted muy amable al invitarme —replicó Harriet. Llevaba un jersey blanco, una falda de *tweed,* calcetines blancos de lana y zapatillas de deporte. Tenía el cabello envuelto en un pañuelo de brillantes y variados colores, y Stuart advirtió que llevaba en la mano una caja de caramelos de menta.

—Nada de eso, es un placer —dijo—. Ojalá tuviésemos mejor tiempo. Está bastante húmedo, ¿no le parece? —Stuart intentaba hablar con un leve acento británico.

Harriet miró el cielo y asintió con la cabeza.

—¡Oh, qué más da! —dijo—. Si llueve, que llueva.

—Eso es —repitió Stuart—: si llueve, que llueva. Mi canoa está en la orilla, un poco más allá. ¿Me permite ayudarla a sortear el terreno más difícil?

Stuart era un ratón cortés por naturaleza, pero Harriet no necesitaba ayuda alguna. Era una chica emprendedora y nada proclive a tropezar y caerse. Stuart abrió el camino hacia donde tenía escondida la canoa y Harriet le siguió. Pero cuando llegaron allí, él descubrió con horror que no estaba. Había desaparecido.

El corazón le dio un vuelco. Tuvo ganas de llorar.

—La canoa se ha soltado —gimió.

Y seguidamente se puso a correr como un loco por la ribera, buscando por todas partes. Harriet se unió a la búsqueda, y al cabo de un rato encontraron la canoa, pero estaba hecha polvo. Alguien había estado jugando con ella. Tenía un largo cordel amarrado a un extremo. Las piedras de lastre habían desaparecido. Falta-

ba la almohada. Faltaba el respaldo. La resina de las costuras se había salido. Tenía lodo por todas partes y uno de los remos estaba doblado y retorcido. Un desastre. Presentaba exactamente el aspecto que ofrece una canoa de corteza de abedul después que unos muchachotes hayan estado jugando con ella.

Stuart se hallaba desolado. No sabía qué hacer. Se sentó en una ramita y sepultó el rostro en las manos.

—¡Qué desgracia! —repetía una y otra vez.

—¿Qué le pasa? —preguntó Harriet.

—Señorita Ames —dijo Stuart con voz temblorosa—, le aseguro que lo tenía todo perfectamente arreglado: ¡todo! ¡Y mire usted ahora!

Harriet se manifestó partidaria de poner la canoa en condiciones y salir de todos modos, pero a Stuart la idea le resultaba insoportable.

—Ya no vale la pena —dijo amargamente—. No sería lo mismo.

—¿Lo mismo que qué? —preguntó Harriet.

—Que como me lo imaginaba ayer cuando pensaba en ello. Me temo que una mujer no puede entender estas cosas. ¡Mire ese cordel! Está atado a la canoa con tanta fuerza que yo no pódría desatarlo nunca.

—Bueno —sugirió Harriet—, ¿no podríamos dejar que flotase en el agua detrás de nosotros?

Stuart la miró con gesto de impotencia.

—¿Ha visto usted alguna vez a un indio remando en una canoa por un río tranquilo y solitario arrastrando a popa un gran trozo de cuerda? —preguntó.

—Podríamos hacer como si estuviésemos pescando —dijo Harriet, sin darse cuenta de que algunas personas son quisquillosas en materia de barcos.

—Yo no quiero hacer como que estoy pescando —exclamó Stuart al borde de la desesperación—. Además, ¡mire ese lodo! ¡Mírelo!

Estaba gritando.

Harriet se sentó en la ramita junto a él. Le ofreció caramelos, pero él meneó la cabeza.

—Bueno —dijo ella—, está empezando a llover, y supongo que debo irme corriendo si no va a llevarme en su canoa. No veo por qué tiene que sentarse aquí a rezongar. ¿No quiere venir a mi casa? Después de cenar podría llevarme a bailar al Club de Campo. Eso podría levantarle el espíritu.

—No, gracias —replicó Stuart—. No sé bailar. Además, pienso partir mañana a primera hora. Probablemente estaré en camino cuando amanezca.

—¿Va a dormir a la intemperie con esta lluvia? —preguntó Harriet.

—Desde luego —dijo Stuart—. Me meteré debajo de la canoa.

Harriet se encogió de hombros.

—Bueno —dijo—, adiós, señor Little.

—Adiós, señorita Ames —dijo Stuart—. Lamento que nuestro proyectado paseo por el río haya debido acabar así.

—Yo también —dijo Harriet. Y se alejó por el sendero mojado hacia Tracy's Lane, dejando a Stuart solo con sus sueños destrozados y su estropeada canoa.

Rumbo al norte

Esa noche Stuart durmió debajo de la canoa. Al despertarse a las cuatro descubrió que había cesado de llover. El día amanecería despejado. Por encima de su cabeza, los pájaros ya empezaban a agitarse y a emitir alegres trinos. Stuart nunca dejaba pasar un pájaro sin fijarse en si era Margalo.

En las afueras del pueblo encontró una estación de servicio y se detuvo a poner gasolina.

—Cinco, por favor —le dijo al dependiente.

El hombre miró asombrado el diminuto automóvil.

—¿Cinco qué? —preguntó.

—Cinco gotas —dijo Stuart. Pero el hombre meneó la cabeza y dijo que no podía vender una cantidad tan pequeña.

—¿Por qué no? —inquirió Stuart—. Usted necesita el dinero y yo la gasolina. ¿Por qué no podemos hacer un trato?

El hombre de la estación de servicio se fue para adentro y regresó con un cuentagotas. Stuart

desenroscó el depósito y el hombre puso las cinco gotas de gasolina.

—Jamás había hecho algo semejante —dijo.

—Conviene mirar también el aceite —indicó Stuart.

Cuando todo estuvo revisado y pagado, Stuart montó en el coche, arrancó y salió a la carretera. El cielo iba aclarando gradualmente y a lo largo del río flotaban con las primeras luces las brumas matutinas. El pueblo dormía aún. El coche ronroneaba suavemente. Stuart se sentía reanimado y contento de estar de nuevo en marcha.

A media milla del pueblo había una bifurcación. Un ramal parecía dirigirse al oeste y el otro continuaba hacia el norte. Stuart arrimó el coche a uno de los márgenes del camino que conducía al norte y descendió para considerar la situación. Para su sorpresa, descubrió que había un hombre sentado al otro lado de la cuneta, apoyado en un poste indicador. Estaba provisto de unos espolones

en la caña de las botas y también de un grueso cin-
turón de cuero. Stuart comprendió que debía tra-
tarse de un operario de la compañía telefónica.

—Buenos días —dijo en tono amable. El operario saludó llevándose una mano a la gorra. Stuart
se sentó junto a él y aspiró hondamente el aire dul-
ce y fresco—. Va a hacer un hermoso día —comentó.

—Sí —convino el operario—, un hermoso día.
Ya tengo ganas de subir a mis postes.

—Le deseo cielos despejados y buen asidero
—dijo Stuart—. Por cierto, ¿se ven muchos pájaros desde lo alto de un poste?

—Sí, en cantidad —replicó el operario.

—Bien, si alguna vez tropieza con un pájaro que se llama Margalo, le agradecería que me avisara —dijo Stuart—. Aquí tiene mi tarjeta.

—Descríbame al pájaro —pidió el hombre, sacando una libreta y lápiz.

—Pardo —dijo Stuart—. Es de color pardo, con una franja amarilla en la pechuga.

—¿Sabe de dónde viene? —preguntó el hombre.

—Viene de campos de trigo alto, pastizales ricos en helechos y cardos, valles cubiertos de flores blancas, y le encanta silbar.

El operario tomó nota de todo en forma resumida: «campos-trigo-pastizales-helecho y cardo. Valle-flores blancas-gusta silbar». Se guardó la libreta en el bolsillo y la tarjeta de Stuart en la billetera.

—Mantendré los ojos abiertos —prometió.

Stuart le dio las gracias. Permanecieron un rato en silencio. Luego el hombre habló:

—¿En qué dirección va? —preguntó.

—Norte —dijo Stuart.

—El norte es bonito —dijo el operario—. Siempre me ha gustado ir al norte. Claro que el suroeste es también una buena dirección.

—Sí, supongo que sí —dijo pensativo Stuart.

—Y luego está el este —continuó el operario—. Una vez tuve una interesante experiencia yendo hacia el este. ¿Quiere que se lo cuente?

—No, gracias —dijo Stuart.

El operario pareció defraudado, pero continuó hablando.

—El norte tiene algo —dijo—, algo que lo distingue de todas las otras direcciones. En mi opinión, la persona que se dirige al norte no está cometiendo un error.

—Así es como yo lo veo —dijo Stuart—. Tengo la impresión de que voy a estar viajando hacia el norte hasta el fin de mis días.

—No es lo peor que le puede ocurrir a una persona —dijo el operario.

—Sí, lo sé —respondió Stuart.

—Siguiendo una línea averiada hacia el norte he dado con algunos lugares espléndidos —continuó el operario—. Pantanos donde crecen los cedros y las tortugas aguardan sobre los troncos caídos, aunque no algo en particular; campos rodeados por cercas retorcidas y rotas por el paso del tiempo; huertos tan viejos que han olvidado dónde está la granja. Por el norte he comido en praderas llenas de helechos y de enebros, bajo un cielo propicio y con el viento soplando. Mi oficio me ha hecho entrar en un monte de abetos en una noche de invierno, con un espeso y mullido manto de nieve, el lugar perfecto para un carnaval de conejos. He estado sentado en paz en andenes de carga de empalmes ferroviarios, allá en el norte, en las horas tibias y con olores cálidos. Conozco en el norte frescos lagos cuyas aguas solo perturban los peces y los halcones y, por supuesto, la compañía telefónica, que tiene que seguir todo recto. Conozco bien todos aquellos lugares. Están muy lejos de aquí: no se le olvide. Y el que busca algo no viaja muy deprisa.

—Eso es completamente cierto —dijo Stuart—. Bueno, debo irme. Gracias por sus amables comentarios.

—No hay de qué —dijo el operario—. Espero que encuentre a ese pájaro.

Stuart se levantó, subió al coche y reanudó la marcha por el camino que iba hacia el norte. El sol acababa de despuntar al otro lado de las colinas situadas a su derecha. Contemplando la vastedad del paisaje que tenía por delante, el camino parecía largo. Pero el cielo estaba resplandeciente, y tuvo la vaga sensación de que había escogido la dirección correcta.

Índice

ALFAGUARA
CLÁSICOS

CLÁSICOS INOLVIDABLES
PARA DEJAR VOLAR LA IMAGINACIÓN

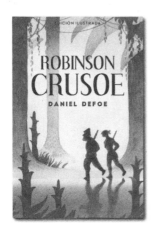

ROBINSON CRUSOE
DANIEL DEFOE

La isla del tesoro
Edición íntegra ilustrada

Robert Louis Stevenson

JULES VERNE
VIAJE AL CENTRO DE LA TIERRA

EDICIÓN ÍNTEGRA ILUSTRADA POR MAITE ALVARADO
LA CASA DE BERNARDA ALBA

FEDERICO GARCÍA LORCA

JANE AUSTEN
ORGULLO y PREJUICIO
ILUSTRADO POR MARÍA HESSE

CUENTOS DE
EDGAR ALLAN POE

Edición ilustrada por Meritxell Ribas

LAS AVENTURAS DE
TOM SAWYER

MARK TWAIN
EDICIÓN ÍNTEGRA ILUSTRADA POR DANI TORRENT

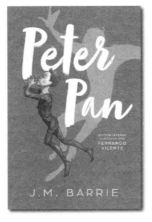

Peter Pan
EDICIÓN ÍNTEGRA ILUSTRADA POR FERNANDO VICENTE

J. M. BARRIE

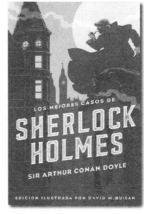

LOS MEJORES CASOS DE
SHERLOCK HOLMES
SIR ARTHUR CONAN DOYLE
EDICIÓN ILUSTRADA POR DAVID M. BUISAN

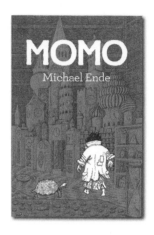

MOMO
Michael Ende

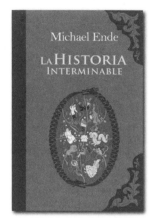

Michael Ende
LA HISTORIA INTERMINABLE

LAS AVENTURAS DE
HUCKLEBERRY FINN

MARK TWAIN
EDICIÓN ÍNTEGRA E ILUSTRADA POR
DANI TORRENT

JANE AUSTEN
SENTIDO y SENSIBILIDAD
ILUSTRADO POR MARIA HESSE

Louisa May Alcott
Mujercitas
Ilustraciones por
María Hesse

LAS AVENTURAS DE
PINOCHO

CARLO COLLODI
ILUSTRADO POR
HELENA PÉREZ GARCÍA

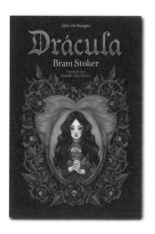

Edición íntegra
Drácula
Bram Stoker
Ilustrado por
Suami Escalante

EMILY BRONTË
CUMBRES BORRASCOSAS
ILUSTRADO POR JULIA REVUELTA

Edición íntegra
El jardín secreto
Frances Hodgson Burnett

Ilustrado por Elizabeth Moreno

ESTE LIBRO SE TERMINÓ DE IMPRIMIR
EN EL MES DE ABRIL DE 2021.

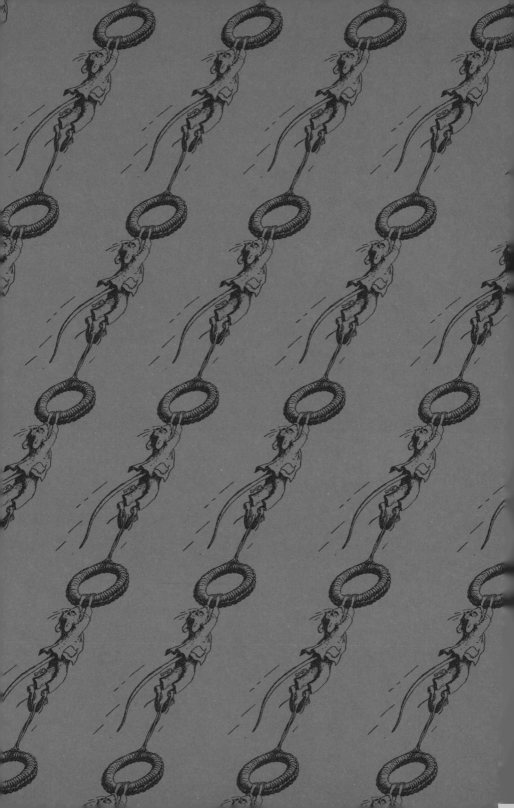